大地上的五指塬

刘志洲 著

中国言实出版社

图书在版编目（CIP）数据

大地上的五指塬 / 刘志洲著 . -- 北京：中国言实
出版社，2023.8

ISBN 978-7-5171-4532-5

Ⅰ．①大… Ⅱ．①刘… Ⅲ．①散文集—中国—当代
Ⅳ．①I267

中国国家版本馆 CIP 数据核字 (2023) 第 120538 号

大地上的五指塬

责任编辑：薛　磊
责任校对：李　岩

出版发行：中国言实出版社
　　　　　地　　址：北京市朝阳区北苑路180号加利大厦5号楼105室
　　　　　邮　　编：100101
　　　　　编辑部：北京市海淀区花园路6号院B座6层
　　　　　邮　　编：100088
　　　　　电　　话：010-64924853（总编室）　010-64924716（发行部）
　　　　　网　　址：www.zgyscbs.cn　电子邮箱：zgyscbs@263.net

经　　销：新华书店
印　　刷：成都市兴雅致印务有限责任公司
版　　次：2023年8月第1版　　2023年8月第1次印刷
规　　格：880毫米×1230毫米　　1/32　　7.25印张
字　　数：153千字

定　　价：68.00元
书　　号：ISBN 978-7-5171-4532-5

目 录
CONTENTS

第一辑
拾味记忆

被雨淋湿的村庄 ·· 002

那弯锈迹斑斑的老犁 ·· 012

家乡的菜园子 ·· 015

美丽的马沟村 ·· 018

支付方式的变迁 ·· 022

住房变迁说辉煌 ·· 027

当老师的父亲 ·· 031

医者母亲 ·· 033

童　年 ·· 038

夏　忙 ·· 041

喜看家乡新变化 ·· 045

乡村广播电视发展印象 ·· 048

卖春联 ·· 051

录取通知书 ······················· 054

情恋一棵杜梨树 ··················· 056

夏日村庄 ························· 060

清明，清明 ······················· 062

春风放胆来梳柳 ··················· 065

第二辑
风的来信

秋染五指塬 ······················· 070

漫话立夏 ························· 079

记忆中的匠人 ····················· 081

铸铧匠 ··························· 085

毡匠爷 ··························· 088

骗匠"马一刀" ····················· 091

打土墙 ··························· 093

拧　糖 ··························· 096

编簸箕 ··························· 099

腊月，腊八 ······················· 103

披　红 ··························· 107

陇东民歌 ························· 110

唢　呐 ··························· 113

护庄树 ··························· 116

嚷　院 ··························· 118

消失的货郎 ······················· 120

号　子 ··························· 123

第三辑
行走大地

村里的打麦场 ……………………………………… 128

醉美屯字塬 ………………………………………… 135

农庄里的声音 ……………………………………… 138

一半孤独，一半洒脱 ……………………………… 141

子午岭行记 ………………………………………… 144

"苦甲"褪"甜味"来 ……………………………… 148

云中谁寄"兰妃"来 ……………………………… 159

感恩遇见 …………………………………………… 164

常忆那年入党时 …………………………………… 167

捡社会保障卡之后 ………………………………… 171

听闻你在远方 ……………………………………… 174

第四辑
一抹乡愁

乡愁是一碗面 ……………………………………… 178

野菊香，秋意浓 …………………………………… 181

母亲的腌菜 ………………………………………… 184

罐罐茶 ……………………………………………… 187

镇原油茶 …………………………………………… 190

夏日清凉美味——酒浮 …………………………… 192

苜蓿芽 ……………………………………………… 194

试刀面 ……………………………………………… 197

芽面包子 ……………………………………… 199

搅　团 ……………………………………… 202

烧土豆 ……………………………………… 205

布谷声声新麦黄 ……………………………… 209

麦黄杏飘香 ………………………………… 212

地坑院 ……………………………………… 215

土　炕 ……………………………………… 219

后　记 ……………………………………… 222

第一辑

拾味记忆

被雨淋湿的村庄

黄土地在太阳的不断炙烤下，干涸得实在太久了，仿佛要着火了一般。这时候，不管是黄土地，还是黄土地上的生灵，都同样感到难受，因为，就连天空中常刮过的西北风也成了呼啸的热浪。屹立在黄土地上的村庄，和生活在村庄里的人一样，除了嗓子眼儿快要冒烟以外，嘴皮龟裂开一道道渗不出血的血口子。这一个个存在了几千年的村庄，像极了劳作一整天而晚归的庄户人，耷拉着脑袋，四肢疲软，不断地张嘴打着哈欠，仿佛一倒头就会进入梦乡。

一

村庄及其周围，那些人们赖以生存的块状田地，像极了一个个饱经沧桑的老人，农人每耕过一犁，它就使劲挤出一点点唾液，借以湿润犁沟里的种子和覆盖种子的黄土，维系着一个即将垂死的生命和土地的墒情。

村庄缺雨，黄土地缺墒，庄稼就会歉收。农人拼命劳作，汗水已经流干，单薄的身躯和瘦削的脊梁，几乎就要和黄土地平行了。老黄牛反刍时索然无味，不得不伸出泛白的舌头，使劲舔了舔饮水的那口石槽底部，石槽底部的小石子越发明亮了；羊在圈里不安分地用蹄子使劲踢着篱笆门，声音嘶哑地发出"咩咩"的叫声，用乞求的眼神望着住人的那口窑洞，以其特有的方式在向主人讨要；芦花公鸡生气地扑棱着翅膀，跳出栅栏，扑向墙角的一撮矮青草，拼命啄食，每啄一截草叶，都会仰起头，直起嘴巴吮吸老半天，不放过草叶中的任何一滴汁液。

这个时候，黄土地在等雨，庄稼在等雨，村庄在等雨，树、老黄牛、羊、芦花公鸡和村庄里生活的人都在等一场雨！

或许是村庄里的生灵唤来了雨，抑或是苍天不愿再多见人们的汗水，多了一丝怜悯罢了。刚吃过午饭，天空黑压压的一片云彩，瞬间就电闪雷鸣，暴雨如注，这注定是一场透雨啊！

下雨了！习惯生活在村庄里的人头戴草帽，肩头上披着一块塑料纸，欢呼着奔走相告，疾驰的身影和雨水融为一体。这情景，让人不禁想起了苏轼的《六月二十七日望湖楼醉书五首》之第一首："黑云翻墨未遮山，白雨跳珠乱入船。卷地风来忽吹散，望湖楼下水如天。"

下雨了，村庄才会充斥着梦幻般的美。村庄里世代生活的人，只有在风调雨顺的年月里，只有在填饱肚子之后，才觉得这雨是富有诗意的，也才有心思欣赏这雨的芳姿、圆润，并且亲切地称这雨为"白雨""过雨"，"白雨"其实就是雷阵雨。

村庄里的人都说："上天有好生之德，大地有载物之厚。"在大旱年景里，这落在村庄里的雨就是弓着背的农人的汗水，就是上天对万物苍生的怜惜，就是村庄长久以来积攒的泪水，就是黄土地的灵性。

"好雨知时节"，屋顶上的瓦片在大口大口地喝水，饱饮之后，将这雨水不间断地泼洒到院子里；院子里的砖瓦也喝了个够，把多余的雨水赐给村庄的每寸土地；土地饱和后，又将雨水推送给更低处的沟壑和溪流。

这场透雨，淋湿了黄土地，淋湿了村庄，淋湿了村庄里的屋舍、生灵，连村庄里氤氲的烟火气都带着喜人的湿气。同时，这雨又给生活在村庄里的人和生灵都吃了一颗定心丸，让他们实实在在地感到踏实，让他们有了一丝疲乏。

二

村庄离不开水，就像人有了骨架之后，同样离不开血肉一样。一旦离了水，村庄就没有灵气，就不是真正意义上的村庄了。这里的人从来都认为水贵如油，尤其遇上大旱年，外乡流窜过来的人讨水喝，村庄里的人"宁给一块馍，不给一碗水"。

村庄临沟，那条沟被人们亲切地唤作"水沟"。水沟夹在黄土高原上的两块平塬中间，和塬的形状正好相反，上大而下小。原本平坦的黄土大塬被雨水长久地冲刷，从而形成一条条这样的沟，这些沟被当地有名望的人赋予了一些顺口、好听、能体现当地特色的名字。可别小看了这样一些沟，有些沟底平坦得就跟塬上的庄稼地一样，倘若真能长成庄稼，机器收割都不成问题。沟底有一眼出水不算旺的山泉，都说"一方水土养一方人"，正是这不起眼的山泉，在干旱少雨的年月里，供全村几百口人和牲畜饮用，最后会形成一条涓涓溪流，带着使命流向远方，去下一个村子。

水沟傍在村庄一侧，和村庄俨然一对孪生兄弟，相互守望、相互搀扶。雨后，村庄里暂时不会缺水了，水沟里自然涨了水，那条平时几乎听不到水声的溪流，夹杂着泥土，水势比平时威猛了好几倍。这时，约上几个小伙伴，沿着村庄通向沟底的那条弯曲的小道，一口气跑到沟底，嗅泥土气息，看流淌的溪流，尽情玩耍。我们能从沟底捡到或挖到各种各样的东西：被人们丢弃的瓦罐、各色形状的石头、干枯的树枝、药用价值极高的野生中草药，甚至还有类似于化石的东西。那时的我们，虽然在小学课本上也读到过化石，但如果真的碰上，却并不认识真正的化石。

当地一些老人都说，关于水沟的来历，爷爷给他们讲过故事。传说很久以前，这个塬上非常缺水，人们用水全靠窖水，遇上干旱年月，饮水更加困难。人们想水、盼水，连给小孩起名都跟水字相连，什么望水、引水、得水，大泉、小泉、引泉等等。后来有个叫引水的小伙子，听老人说很远很远的青龙山上有水，便千方百计地去青龙山找水，山上有个仙翁赐给他一棵小柳树，他拿回来栽下，树下出现了一眼清泉，果真引来了水。日复一日，年复一年，小柳树越长越大，泉水越来越旺，齐着地面，却并不盈溢。人们引泉水灌溉庄稼，五谷丰登。从此，这里成为一个周围人都向往的富庶地方。后来，由于一个总督老爷的贪心，想砍柳树用作修造衙门的材料，导致这个地方塌陷成了沟，把总督和他手下人都埋葬在沟底。当地人为了感念"引水"的好，就把塌陷而成的沟叫"水沟"，从此，"水沟"这个名字被一代代的流传了下来。

也许是因为从小就听着这个传说，村庄里的每一个人时时刻刻都在小心翼翼地爱护着水沟和水沟里的那眼山泉。而那眼山泉，也好像通人性似的，怀着感恩，从来都没有干涸过。

打记事起，村庄里的每户人家中至少有三口缸：一口装泉水，一口装雨水，剩下一口装洗脸水。泉水用来做饭；雨水用来洗衣服、洗头、洗脸，供牲畜饮用；洗脸水沉淀后，再用来喂牲口、和泥。有时候，第一口缸里实在没水了，第二口缸里的水也能凑合着做饭。

在塬上的村庄生活过的人，哪一个没有驮水的记忆。那时的驮水，跟"抢水"无异。鸡叫三遍就起床，赶着毛驴，跟着浩浩荡荡的驮水大军，呼吸着山路上飞扬的尘土，听着鼎沸的人声，大驮桶的碰撞声、铃铛声、吆喝声、鞭子声，仿佛听一曲跌宕起伏的乡村交响乐。即使山路再拥挤，大家谁也不敢有丝毫放松，紧盯着自家毛驴，唯恐跑得慢了抢不到水，一家人一整天又得挨饿挨渴。大家唯一的目标是，千方百计地找机会冲到别人前面去，多超一个人就多一分希望。什么"避让""会车""拐弯"等赶毛驴的技巧，大家早早都会。

三

在村庄人的眼里，老天爷赐的叫雨水。这水除了用锅碗瓢盆储存起来供日常饮用外，其他的不管流到水沟里还是渗入黄土里，无疑都是一种人为的浪费。所以，人们才在村子的犄角旮旯里挖了许多大大小小的圆坑、方坑、椭圆坑，深一米左右，积雨水而为涝坝。

村庄里懂风水的老先生说，这些涝坝就是村庄的眼睛，而流入涝坝的雨水就是村庄的血液。正是这些眼睛和血液的存在，村庄才有了生气、灵气和人气，就连靠近涝坝的几户人家里出了大学生，村里人都疯传，这是沾了涝坝的灵气啊！

每逢雨后，村庄里的妇女们便三五成群，一起端着脸盆，拿着搓衣板和脏衣服，到涝坝边有说有笑地洗衣服；男人们也不失时机地牵着心爱的牛、驴、骡子，慢悠悠地散步到涝坝边，让牲口尽情地饮水，蘸着水给牲口们梳理皮毛；还有人赶着羊群，让羊自由自在地在这里喝水；村庄里，一些人家里的墙皮脱落了，也趁着涝坝里有水，担几担回来，就着锄碎的麦草、麦衣和一堆大渣泥，抹出光滑的一面新墙。

十年树木，百年树人。涝坝周围是合抱粗的杨树、椿树、柳树、榆树、槐树，都很有些年头了。这些树和村庄里生活的人一样，深深地热爱着脚下的村庄和土地。它们总爱在涝坝里照出自己的靓影，而作为小孩子的我们，却偏不让它们照，故意投个石子进去，打溅起一个个小小的涟漪，一圈圈地扩散开来，于是，那些树木的影子一叠一叠的。在这些树木的庇护下，涝坝里永远都显得那么清凉和惬意，涝坝周围成了消暑的好地方。就连一年偶尔组织几次的村民大会都选择在这个地方召开，这时候，涝坝周围的树荫下往往都会坐满人，人和树的影子都会倒映在涝坝里。

刚下过雨的涝坝，水是极其浑浊的，乍看上去就像一汪黄汤，上面杂乱地漂浮着树叶、蒿草、干柴棍等杂质，需要沉淀上两三天，水才会清澈得照出人影来。我们不会在刚下过雨后到涝坝边玩耍，倒不是怕水，而是怕水底的碎玻璃碎瓦片扎伤脚。等水澄清后，我们才会约上一帮小伙伴，各自折叠了纸船放在水上面。由于水是静态的，纸船无法自己行走，我们就会使劲吹气，希望它能从涝坝一边漂到另一边去；我们还会玩泥巴，捏各种各样的小人，然后用毛笔画上眉毛、眼睛、鼻子、嘴巴、胡子，如果几个小伙伴同时捏的话，大家还会不约而同地放在一起比较，看谁捏的泥人更形象、更逼真，直到把自己变成泥人才回家。有时，正玩泥巴的我们会和三三两两的人来这里洗衣服的年轻媳妇们碰个正着，如果我们在东，她们就会往西；如果我们在南，她们就会往北。因为调皮捣蛋，我们在哪边玩，哪边的水往往都会被搅浑；有时为了捉弄她们，我们故意跑到她们那边，把水搅浑，她们一边笑骂，一边会飞快地捡起衣服跑到另一边去。

年少无知的我们，那时只知道村庄里的涝坝和沟底的溪流。再后来，通过书本和露天电影我们才知道，这世上还有比村庄里的涝坝和沟底的溪流更大的水域，它们叫江河、湖泊。知道了这些，才知道村庄里的涝坝是多么渺小了，这些储存雨水，让村庄里的人顶礼膜拜的涝坝，其实渡不了船，也掀不起滔天巨浪，它们不过是村庄的过客罢了，有雨则盈，天旱则干。

但那些年，在村庄里生活的时候，看见它们，就像是看见了西湖、钱塘，带着我们想入非非，想江南水乡、想宋皇秦汉、想地老天荒。

随着时代变迁，村庄里出现了新事物，而那些老事物注定要消失。直到后来，自来水入户不久，涝坝便被填平了，只是人们在茶余饭后谈到水时，偶尔还会聊起涝坝。涝坝连同涝坝里的雨水，都成了贫穷干旱村庄里的一点醒目和温柔。

四

水是多变的，它流到什么样的容器里，就变成了那个容器的形状。比如水窖，村庄里的人又叫旱井，大约十几米深，有的呈圆柱形，有的呈葫芦形，还有的呈方形和不规则的圆形。它不是人们新近的发明创造，而是祖先千百年来流传下来的东西，如果它们的体积足够小，也便于移动的话，早就该陈列在乡愁博物馆了。

这种水窖，以前多采用人工挖掘，要十几个人连着干两三个月才能挖好，还得专门请一个"匠人"来修；为了防止渗漏，让人们不再付出多而收益小，不再"望窖兴叹"，不知是哪位先辈受到沟底溪水的启发，从而发明了"黄胶泥窖"。一口水窖，挖好雏形后，到沟底的溪水旁，人担驴驮，运回几筐湿黄胶泥，倒在院中暴晒几日，等干透了，就套上牲口和碌碡，碾细过筛，加适量水重新和成胶泥；先在窖底涂上一层，稍干后用石锤子夯实，再涂一层再夯，需要几层就来几层；然后把剩下的一点一点抹在窖壁上，用棒槌或槌背石捶打结实，如此反复，抹三四层后，窖底和窖壁就都足够结实了，储存的雨水才不会往下渗。

也许是因为挖一口窖费时费力，这口窖，一般会被主人看得很紧：一定会在窖口上盖一块木板，在窖旁上砸一根钢钎，用铁链把木板和钢钎连接在一起，最后再上一把锁；或者干脆在水窖旁搭个简易狗窝，拴上一只狗。门可以不锁，可以不用狗看；箱柜也可以不锁，但水窖却一定得上锁，一定得狗看。

在过去那个年月里，如果哪家人决定打口水窖，邻居们一定会争着抢着帮忙；一些人也会在下雪的时候，把自家院子里的雪收集起来，倒进邻家的水窖里，图的是干旱年月里找人家要两担水也好张个嘴。这水窖，就是连接邻里乡亲感情的"纽带"，成了人们心灵深处一条永不枯竭的小河。

这黄胶泥水窖也成了村里人最值得炫耀的家底和资本。有了它，人们过日子才算真的踏实，人不缺水、牲口也不会缺水，这无疑也成了给儿子说媳妇的很有诱惑力的基础条件。

我总会穿过时光的隧道，将自己置身那时的村庄，望着村庄里那一口口水窖和那一窖窖滋润过生命的水，无声地歌唱着那些尘封的光阴。

清清幽幽的窖水延续了村庄人的生命。每当雨季来临，水窖伴随着房前屋后跌宕起伏的雨之精灵而舞，不断吐出轻快的元音，时而如泣如诉，时而如缕如絮。人们很喜欢听水窖歌唱，因为只有水窖唱出婉转悠远的歌曲，人们才不会为水而发愁，才会唱出内心怒放的追求与高涨的幸福。

冬天的积雪也会被收集起来，一车一铲一筐一箩，全部倒进水窖。农谚里说："今冬麦盖三层被，来年枕着馒头睡。"雪也是水，是村庄里的人赖以生存的宝贵资源。雪倒进窖里，让旁边无精打采的辘轳也清醒了许多，随之而来的是吱吱呀呀的声响，不慌不忙地抽出生命的沉重和欢欣。只有枕着这熟悉的辘轳声，村庄里生活着的人心里才感觉踏实。即使这声音再微弱，哪怕只有低沉的呻吟，那也是村庄里最悦耳的音乐，美妙绝响。

村庄里出去的人，无论走多远的路，那甜润着嗓子、滋养着胃口的窖水都让人难忘。一捧黄土一生恩，一口窖水一辈情。一桶又一桶的窖水，承载着多少生命的快乐与悲伤。那出自水窖的一锅又一锅、一瓢又一瓢、一碗又一碗的水汩汩地歌唱，犹如早已熟透的天籁，永久地成了山村岁月永恒的乐章，伴随着每一个生命的诞生与延续。

背井离乡的村庄人，无论背负着怎样的渴望与爱、沉重与梦，都无法抹去那些在苦难岁月一起啜饮窖水的日子。因为，那不起眼的水窖里，藏着母亲慈祥的笑容和父亲深沉的眼神。因为，窖就是村庄的骄傲啊！

五

雨水淋湿了村庄，喂养了村庄里生活的人们，让人们在收获粮食的同时，也收获了诗意和思想。

雨水淋湿了村庄，滋润了村庄里的庄稼和生灵，让它们在收获成长的同时，也收获了时光和沧桑。

我想，如果没有村庄，就没有我；被雨水淋湿的，何止是村庄，还有我不断滋长的乡愁。因为，我一直在这被雨淋湿的村庄里呼吸长大，一如当年的村庄在雨声里哭泣成长。

那弯锈迹斑斑的老犁

前些时候，回到老家，在那个不大不小的杂物间，看到横七竖八地放着镢头、铁锹、耙等各式农具。有一件藏在最里面，等目光移近，发现是一弯锈迹斑斑的老犁静静地躺在阴暗的角落里，一辈辈传承，它在土地上的划痕一如父亲走过的路，见证着时光流逝和世事变化。

出身农家的我，乡村的因子早已烙印在血脉里，对农具有着特殊的感情，尤其是这弯老犁，勾起了尘封已久的记忆。

父亲几乎一生都在用这弯老犁，在贫瘠的土地上不断耕种，养活了一家人。这弯老犁从锈迹斑斑到被土地磨亮，再到锈迹斑斑，周而复始……

小时候，还没有老犁犁把高的我，经常跟在老牛、老犁和父亲后面，嚷嚷着要学犁地，父亲一直不肯。直到上小学五年级，父亲终于下定决心，要教我学犁地。

刚学犁地那会儿，因为我个头矮、力气小，仅能拿得动轻一点、一牛挽犁的那种播种犁，翻地犁属于二牛抬杠式的，我实在拿不动，只有像父亲那样的成年人才能拿得动。

记得第一次跟着父亲学，深一脚浅一脚的，犁出来的地总是弯弯曲曲的，有的地方重复犁，有的地方没犁到……赶牲口也是个技术活，家里的那头老牛也不听话，欺生，总跟我对着干，我想让它往左一点点，它却偏往右，气得我直吆喝，而且一犁出地头就没有多少力气了，老想歇息。

父亲教我，犁地时要盯着远处的某一个目标，就会犁出直线来，而且不会漏掉，赶牲口胡乱吆喝不奏效，用鞭子抽式的体罚更不会奏效，有时候牲口还会反抗，拖着犁跑了。要学会与牲口沟通，牲口也有灵性，也有自己的语言，譬如拾掇好开犁了，应先喊一声"哒"，这声"哒"要喊得雄壮有力；到地头儿欲停下了，便吆一声"喔"，这声"喔"则要由高到低，拉长声，有余音，让牲口容易收得住脚步。

那个时候，父亲还是民办教师，靠着微薄的工资和每年的好收成卖点余粮换成钱，供我们姊妹上学和填补家用。直到1995年父亲才转为公办教师。这段日子，也是老犁最辉煌的年月，无论自家用还是借给邻居用，也不管土地的软硬，所有的地都哗啦啦地翻过去，遇到石头也不拐弯，磨得那犁面啊，明亮得都能照出人影来。每次耕完地，父亲就会把它摩擦得干干净净。

记得有一次，遇到石头都不会拐弯的老犁因碰上了树根而掉了一块，父亲不舍得买一个新的，便拎着破犁到村里老赵家的铁匠铺子，央求着老赵再修修。老赵说："你这犁还是你爹留下来的，用了这么些年，年年都来我这里修，这下怕是修不了了，换个新的吧。"老赵一指一旁的一块新犁："就这，加点钱拿走，旧的我留下……"父亲摸了摸兜，撂下一句"我过几天再来"。几天之后，父亲将一堆皱巴巴的角票递给老赵，喜滋滋地拎着犁回家了。

后来，随着家中经济状况渐好，住的地方也由原来的窑洞搬到了红瓦房，那头犁了多年地的老牛被卖掉了，新犁也变成了老犁。这弯老犁偶尔被邻居借用一下，再后来就被放下了。这一放，就再也没有拿起来，锈迹斑斑在所难免。它像一位历史的老人，见证了我们一家人逐渐明亮起来的幸福生活。

如今，父亲已年迈，我多次提出要将父亲接到城里生活，父亲像敷衍我似的，只是二话不说跟着我来小住几日，便找各种各样的理由又回去了。前不久，我送父亲回去时，偶然发现父亲在放工具的杂物间前徘徊了许久，眼角噙着泪珠，嘴里念叨着："跟了我大半辈子，现在也闲了。"

任岁月沉淀，那弯锈迹斑斑的老犁依旧与父亲相依为伴。

家乡的菜园子

自从妻子怀孕后，母亲甚是挂念，多次打电话提到要给我们捎点绿色蔬菜。前两天，终于托进城拉货的师傅捎来一蛇皮袋，小葱、蒜苗、菠菜、韭菜等样样都有，来人还带来母亲的嘱托："这是用农家肥种的，绿色无污染，我儿和媳妇就放心吃吧！"我知道，这些菜，是母亲在自家菜园子里亲手种的。

家里的那块地是以前的老宅基地，足足有三分大，房子和院落占了一半，还剩下一半，父亲和母亲在周围砌上简易的围墙便成了菜园子。说是菜园子，其实还栽有七八棵果树。

每年开春，母亲都会在菜园子里忙前忙后，规划着种些啥，也无非是把去年种辣子的畦换成豆角、种茄子的地方换成西葫芦，西瓜梨瓜也在规划中，皆是成片的，连多少行都计算得清清楚楚，该稀处稀该稠处稠，高高矮矮有许多讲究。

在菜园子里劳作已经成了母亲的习惯。每年雨水丰沛或稀少都丝毫不受影响，她一直精心侍弄着那一畦畦或大或小的菜，想方设法地让菜园子生机勃勃。

母亲爱她的菜园子，就像疼我们姊妹几个一样。她就像一个画家，怎么着也要把自己泼墨的得意之作留给别人赏心悦目和慢慢享用。菜园子在方圆十几里也是一道亮丽的风景。每年五六月份，所有菜都长起来，绿的、红的、青的、紫的……极诱惑人的眼睛和喉咙。那一畦畦长势喜人的菜，家里往往吃不完，有邻里乡亲来串门，母亲总会毫不吝啬地分些给他们。母亲有腰疾，我常常劝母亲少种点，母亲只是微微笑一下，不做任何解释，也不少种。

菜园里除了各种各样的菜，糯玉米（俗称然玉米）也是必不可少的。记忆中比较深刻的是干旱少雨的时候，地里没墒，玉米籽种下去发不了芽。地膜覆盖后，父亲佝偻着腰，在前边一手拿着点播器，一手拿着家里的铝制带嘴烧水壶，边浇水边下种；母亲在后边，常常跪在地膜上，握着铲子铲起一块板硬的黄土，一点一点敲碎，埋住一窝又一窝种子。为了不浪费地，母亲还会在地膜行与行间点上豆子。

玉米成熟的季节往往是我们姊妹几个工作最忙的时候，母亲怎么也等不到我们回来。后来索性将玉米剥皮，冷藏在冰箱里。这样，我们不但随时回家能吃到，就连白雪皑皑的冬天，我们也能吃上香喷喷的甜玉米。除了玉米，母亲还想方设法把园子里的菜也尽可能保存久一点，像是要永远留住菜园里的一片绿一样。到了深秋，等霜降来过之后，母亲将辣椒树、白菜等连根挖起来，带点土堆放在房子里，储存的这些菜到了初冬还能吃上很长一段时间。

母亲是个很要强的人，干什么事都要干到最好。菜园里那几棵果树像专跟母亲对着干似的，尽长枝不结果，这可着实令母亲烦恼，听人说要修剪，可母亲不会呀。我默默记住了母亲无意间的唠叨。媳妇在乡政府分管畜牧、农业工作，我找来她培训用过的教材学了学。清明节回家，母亲听说我要剪果树，一下子乐了，可不一会儿又担心地问我："娃呀，你这些年在部队尽训练了，剪果树可是个技术活，我看咱邻村有果园的人家叫的技术员一天好几百呢！"我说："妈，你就放心吧，你儿媳妇同事就是个专门伺候果树的技术员，我特意跟他学的！"我开剪的过程中，母亲又找借口来看了两次，见我剪得还像那么回事，就放心地走了。前几天，母亲打电话来，很高兴地说今年的果树结了很多果子。

这些年，陪母亲种菜的日子越来越少，但我的回忆却日渐丰腴。菜园子于我而言，只不过是一畦畦绿色可食的菜，而对母亲来说却是一种永远的精神寄托。

美丽的马沟村

镇原籍女诗人刘玲娥在《故乡》中写道:"我在祖国的版图上寻找/找日思夜慕的甘肃/找喂育了我的黄土地/找脊梁一样坚挺的高山、匍匐的沟川/找苦涩的记忆甘甜的清泉水/找坡头刮过一场风吹散的炊烟/找六月黄土下的一场透雨/找麦粒一样小小的马沟村……"

马沟村是我的家乡,位于庆阳市镇原县新城镇北部1.5公里处,距县城约45公里,东接平泉镇,北靠郭原乡,西邻宁夏回族自治区固原市彭阳县洪河镇,南毗平凉市崆峒区草峰镇。地处黄土高原腹部,属黄土高原沟壑区,山、川、塬兼有,以塬为主,沿着新城至郭原三级乡道和318省道可直达县城和庆阳市,交通十分便利。

假如不是生活在这里,单从字面去了解,一定会让人误以为这里的地形多半是沟。其实不然,这里是一块大平塬(塬是西北黄土高原地区因雨水冲刷而形成的四边陡、顶上平的高地),只不过在塬中间夹着一条狭窄的沟而已。这条沟和黄土高原上的大多数沟壑一样，沟内风景很美，有山泉、溪流，清冽甘甜的泉水养育着一代又一代生活在这里的人；沟的两边，要么是块状山地梯田，要么是或陡或缓的一面坡。

从严格意义上讲，马沟村其实是个简称，标准称谓应该是马家沟村或马家沟自然村，只是当地人都习惯这样叫罢了。懂事之后，我一直在思考一个简单而又复杂的问题，马沟村这个地名从何而来呢？有人说，站在马沟村的最边上，俯瞰平塬中间的那道沟，形似一匹张蹄奔跑的骏马，所以叫马沟村；也有人说，以前这个沟养马的人家多，因而得名；还有老者说，这地方祖祖辈辈都叫马沟，管它呢。但据笔者查阅大量资料，最早可追溯到清朝，有两家姓马的人在此居住，且临沟，故称马家沟。

三月的马沟村春意正浓。人们刚换了薄衣，精神抖擞地走在乡间的小路上，映入眼帘的除了绿树环绕的村庄、房舍，还有蓝天绿麦。在农舍的房前屋后、在田埂地头，那一树树杏花绽放在高高的枝头，引得纷纷而至的蜂群嘤嘤嗡嗡地长吟，忙碌地采撷；空气中弥漫着杏花的香气，一点也不浓烈，淡淡的，若有若无，这香味裹在和煦的春风里，不经意间和人撞了个满怀。清晨，站在村口的几棵大柳树下，吸一口新鲜空气，全身都感到舒畅；乡亲们起了个大早，三三两两地扛着锄头，在路上有说有笑地商量着今年种点啥，一起到返青的麦苗地里除草；草尖上泛着点点潮湿，麦辣辣、小蒜、苦苦菜等野菜的新鲜味，和着苜蓿芽甜甜的香气弥漫着整个村子。

一个绿树氤氲的村庄，鸟雀也懂得一年之计在于春的道理，比乡亲们起得还早，叽叽喳喳地在枝头你追我赶，召唤着人们勤于农事莫负春光，云顿时被叫白了，空气被叫得开朗了。用心聆听，这鸟鸣有长调、短调；有独唱、对唱、小组唱、大合唱；唱法有美声、民族、通俗、说唱等，应有尽有。这边麻雀在枝头"叽叽"地短促地叫，不乏婉转，是民族唱法；那边啄木鸟偏着脑袋，在树上东瞅瞅、西瞧瞧，长长的尖嘴发出"嘟嘟"的声音，是长调、是高音、是美声；红尾雀抖动着翅膀"啾啾叽叽"地呼唤着，似乎用说唱的方式召唤着其他同伴，正好吵醒了潜伏在沟圪草丛中的雉鸡；院墙里的芦花公鸡扑棱着翅膀也闹腾开了，一起加入鸣唱的队伍。这时候，村里的老人都说那是鸟雀在开会，决不会让顽皮的孩子惊动它们。

在乡下，最富有的莫过于土地；在土地中，最迷人的当数菜园子了。这时候，村里人家家户户门前，菜园子里，喜人的新绿成了一抹主打色。俗话说"韭菜吃两头、冬春香味浓"，绿油油、香喷喷的头茬韭菜一定在伸着懒腰做各种运动，等着勤快的人们赶快割回家，烙韭菜饼子、包韭菜鸡蛋馅饺子、蒸韭菜包子；孕育了一个冬天的蒜苗争着要和韭菜比一比身姿和速度，差不多有一筷子高了，欢快地在地下偷偷结着蒜瓣；鲜嫩的菠菜露着笑脸，那种翠绿劲儿愈发让人眼馋，让人想要掐一片含在嘴里；还有秧在塑料大棚下悄悄发芽的菜苗，也在可劲地钻出地皮子……

"道白非真白，言红不若红。请君红白外，别眼看天工。"杏树圪圪的杏花，几天前还是"米粒"或"黄豆"般大小的芽苞，一夜之间开花了，初始浅粉，渐变雪白。那一圪圪杏花错落有致，让原本贫瘠荒芜的马沟一下有了生机，给人一种特别的视觉享受。当你轻轻地走近时，它们就像一个个穿着旗袍的礼仪小姐，让人感到一种冰肌玉骨之美。也许是父辈，也许是父辈的父辈，也许是有人吃杏时随手扔了一颗杏核，沟里比较陡峭的那面坡才有今天漫山遍野的杏花，才有一个响亮的名字——杏树圪圾。老一辈人常说，凡有黄土的地方杏树都能成活，杏树就代表着朴实、憨厚的马沟村人，即使面对再干旱再恶劣的自然环境，也从不悲观；即使面对呼呼作响的西北风，也从不折腰。在人们眼中，杏树全身是宝，称它"摇钱树"一点都不为过：杏干、杏核作为土特产，卖了换点钱贴补家用；杏木色红、质坚、纹理细致，是上好的家具或案板材料……凭着抗旱、耐瘠薄、繁殖力强的特点，它们从一棵棵小杏树苗逐渐长成粗细不一的大杏树，年年都开花结果。那些熟透了无人采摘的杏子自然坠落，杏核便一头扎进黄土里，第二年又长成一棵小树苗，在老杏树的庇护下茁壮成长，如此一代代的。就这样，大大小小的杏树长满了整面坡，成了村里一道亮丽的风景。

这个季节，如果你来马沟村，在领略了黄土大塬上春天特有的美景之后，勤劳好客的塬上人，乐呵呵地让你就着甜而不腻的镇原糖油饼，吃上一碟用蒜末、葱花、辣椒和醋凉拌而成的苜蓿芽或者麦辣辣野菜；或者端出热气腾腾的头茬韭菜饼子；又或者是一碗"苜蓿面""苜蓿卜拉"……他们一定会变着花样，让你的味蕾瞬间绽放。

支付方式的变迁

老家在乡下农村，女儿还小，跟着父母亲一起生活。每次节假日放假，我和妻子总要赶回去看望他们。碰上赶集的日子，也总喜欢到集市上转转，找找小时候的感觉。今年春节回家，我和媳妇照例又去赶年集、置办年货，在一个卖烧烤的摊位前，媳妇嘴馋，要了两个烤面筋和两个烤肠。付钱的时候才发现我们身上没带现金，平时在城里买东西都用手机扫码支付。正当我们略显尴尬的时候，摊主老太太麻利地从包里拿出二维码卡片，一面是微信扫码支付，另一面是支付宝扫码支付："扫码支付吧，微信、支付宝都可以！"我有点惊奇，我们这个偏远的小镇也在渐渐改变着支付方式！曾几何时，在我的印象里，乡亲们赶集、卖山货、做买卖等，都要求现金支付，一手交钱一手交货，毕竟拿在手里的钱才最实在、最真切。

以前，经常听父母说起，他们结婚的时候还处在物资匮乏的年代，支付方式都使用"票证＋现金"。当时，国家发行了各种各样的票证，大抵有粮票、布票、肉票、煤票、油票、肥皂票、副食票……几乎所有商品都得靠"票证＋现金"的方式才能买到，尤其购买布、副食这些稀缺品，更是一票难求。如果到外地去，"没钱有票可以，有钱没票却万万不能"，拿地方粮票或者粮食换成全国通用粮票才能出门，由于粮票不能买卖，比钱还要贵重。那时结婚，要想置办起一个可以生活的"家"，光有钱还不行，还必须先弄到票证。凭结婚证明开具"购买证"，凭购物证去指定的商店才可以购买规定的物品，而且经常数量有限，因为有的商品根本没货，生产能力严重不足，供不应求。

母亲记忆最深刻的一件事，是购买家里那台"飞人牌"缝纫机时的情景。在当时，自行车、缝纫机等大件物品是急缺货物，因此这种购物票更难得，最后还是当民办老师的父亲多方托人才分到一张"飞人牌"缝纫机的购物票，这在那个年代可算得上"奢侈品"了，但就是这台缝纫机，"排队"近两个月才买到手，拿到家后全家人如获至宝，惹得邻里乡亲们都来参观，一个个羡慕不已！时至今日，母亲还时不时地用这台"飞人牌"缝纫机缝缝补补，一直舍不得扔，因为它承载了一个时代的记忆。

后来，随着市场上各种商品越来越丰富，粮票、布票等票证逐渐退出历史舞台，现金成为老百姓最主要的支付方式。那段时间，人们的日常消费不断增加，出门、购物都不忘随身携带现金。在交易中，双方靠一手交钱一手交货的方式寻求踏实放心。那时的人民币，最大面额是10元，分钱、毛钱都很常用，口袋里除了叠得方方正正的纸钞，还经常装着大大小小的硬币。就拿火柴来说，一分硬币可以买两盒。这时，人们餐桌上的食物越来越丰富，身上的衣服越来越好看，大街小巷里的自行车、各家各户的缝纫机等"奢侈品"越来越多。也就从那时起，冰箱、电视机、洗衣机等家电开始进入越来越多的家庭，国产的、进口的、黑白的、彩色的，让大家有了更多更好的选择。令父亲记忆深刻的是，那时他在离家不远的学校里当会计，每到月底发工资的时候，他从银行里取出那些沉甸甸的现金总是格外小心翼翼，得找两三个信得过的人一路护送到学校，生怕弄丢了，那可是全校十几个教师辛苦一个月的工资啊！还有，做生意的人去外地进货，也要揣着现金到处走，携带不方便还担心会被偷。

再后来，人们的这种担心随着"刷卡支付"的出现逐渐淡化。"一卡在手，行遍天下。"大额现金交易的不安全性和不方便性为现金到银行卡的支付过渡提供了契机。随着银行卡的不断普及，各大商场陆续有了POS机，刷卡消费不仅减少了现金流通，也使市民购物越来越方便。而在银行卡刚开始普及的时候，一般消费者依然将其简单视为"电子存折"，仅仅使用卡片的储蓄功能，将其在家中"束之高阁"，只有一些"潮人"平时才会携带银行卡到商场刷卡消费，谁的钱包打开一看有几张银行卡，都会被视为"很厉害的人物"。随着那些"潮人"的应用和银行卡的升级，市场上绝大多数交易都直接或间接地使用了银行卡。银行卡取代现金，成为钱包里的主角。妹妹上大学的时候，父亲每个月都会给她的银行卡里存"生活费"，这样省去了不少麻烦，安全系数也提高了很多。开学要走的时候，父母只让妹妹身上带少量现金，以备不时之需。

最近几年，手机扫码支付流行起来。起初，我对这种新鲜事物并不感兴趣，直到有一次早晨起床晚了，打出租车到单位后才发现，出门匆忙身上没带零钱，给司机一张百元大钞他却找不开。正当我焦急之时，司机拿出了自己的手机，提醒我可以微信扫码支付，正好微信里有几块钱，才解了燃眉之急。有了那次经历，我就开始大胆地使用手机移动支付，跟传统支付方式告了别。这时我才发现，身边的超市、商店，买菜、买早餐……都可以扫码支付，不仅有微信、支付宝等扫一扫支付，就连银行账户也实现了扫码支付，省去了找零的环节，也不用担心收到假币，实在方便至极。最重要的是，几乎哪都能用手机支付，使用手机上面的 App，几乎能买到所有的商品。就连坐公交车，都能用手机支付车费。你可以不用到商场超市，坐在家里用手机"淘宝"App，就可以买到称心如意的商品；你可以不用到实体饭店，通过"美团"App，就能随时随地吃到可口的饭菜；你可以不用到银行网点，通过手机银行，动动手指就能实现转账；你可以不用到火车、汽车、飞机售票点，挤着排很长很长的队，却还总担心买不到票，自己从网上订票直接手机支付就可以，而且还能查询预售期内全部线路的实时余票情况……

记得父母第一次到城里来，我陪他们去超市买一桶洗衣液，价格是 28 元，起初他们想用现金支付，在我的说服下，他们答应尝试用手机支付。我让母亲拿着手机操作，一步一步地给她说流程，手把手地教母亲如何用微信支付，父亲在一旁也学会了。这样支付完成后，母亲还是怀疑地说："这行吗？"一边盯着手机屏幕左看右看，特别是听到超市里"微信到账 28 元"的语音提示，收银员给她购物小票时，她才有些放心地对收银员说："这就算结完账了？真是太神奇了！"

从"票证+现金"的支付方式到现金支付，再到刷卡支付，最后到手机扫码支付，支付方式的变化改变着我们的生活方式和消费习惯。这种变化从侧面表明：老百姓的钱袋子鼓了，社会经

济发展了；这种变化使人们的物质更加充盈，生活更加便捷；这种变化看似不起眼，实则是整个社会巨大变迁的一个缩影，更是伟大祖国飞速发展的见证。

住房变迁说辉煌

　　父母亲出生于 20 世纪 60 年代，我出生于 20 世纪 80 年代。我家从"有房子住"到"住得满意"，发生了翻天覆地的变化，这些变化都折射出了我们国家的繁荣，更证明了中国共产党的伟大。

　　我出生时，全家四口人住在一孔窑洞里。父母亲结婚后，爷爷奶奶让大伯家和我家各自分开过，本来分到了三孔窑洞，但堆放杂物用了一孔，喂牲口一孔，就只剩下一孔住人。这三孔窑洞并不是独立的院子，而是从一个由七孔窑洞组成的地坑院中分出来的，这个院里还住着爷爷奶奶和大伯一家。住人的窑洞有一门一窗一炕，窗户上没有玻璃，糊着旧报纸，没几天就会漏风。窑洞进门就是土炕，紧挨着土炕的是土基子砌成的高约三十厘米的栏坎，然后盘了锅灶，最后是放着案板、水缸等的窑掌。在那个靠煤油灯照明的年代，窑洞里不仅光线不足，而且生火做饭时灶火里出来的烟会顺着地坑院崖窑面子通到崖畔的"穿山烟囱"直往窑掌里灌，呛得拉风箱、做饭的父母亲常常睁不开眼，做熟一顿饭得受多少煎熬，只有他们心里最清楚。

随着妹妹的出生，窑洞更加拥挤，加之前几年发大水，窑洞已有了些许裂痕。于是父母亲当年就喂了两头大肥猪，年底卖了四百多元，他们乐呵呵地数着钱，心里筹划着盖新房的事。父亲找邻里乡亲帮忙，在事先选好的自留地周围夯筑了一圈围墙，他们一有空就扛着铁锹、平头石锤子、打"土基子"模子，提着半笼从炕洞里掏出来的草木灰，到盖房子的地里打砌墙用的"土基子"。"土基子"样子像砖块，但比砖块要大很多。还购买了大梁、椽、门窗等木料，又托村里跑运输的师傅从附近的平凉安口窑煤矿旁的砖瓦厂拉回两车机制的红瓦，并到邻村的砖瓦厂赊回几车青瓦，一切准备就绪。

第二年立冬时分，地里的庄稼基本上都收割打碾完毕，到了农闲的时候，父亲找人看好日子，请来村里手艺最好的泥瓦匠、木匠等师傅如期开工盖房。整个冬天，父亲都带着前来帮工的邻里乡亲们在工地上忙碌着，这样很快修成了五间红瓦房和三间青瓦房。这五间瓦房在当时的村里成了一道靓丽的风景，惹得邻里乡亲们竞相参观。红瓦房一间厨房、一间装粮食、三间住人；青瓦房一间用作牲口圈、一间装草料、一间储物。每次乡亲们来，父母亲都很热情地拿出糖果、瓜子、红枣之类的吃食来招待他们。"土基子"扎墙盖成的房子虽比窑洞好，但时间长了会有裂缝，麻雀会在里面做窝。到了冬天，冷风一吹，墙缝里就会发出"呜呜"的声音，这不绝于耳的嘈杂声让人觉得很刺耳。夜里，人蜷缩在被窝里，盖两床被子还觉得冷。但在那个物资匮乏的年代，人们哪有钱再去盖好的房子呢，能有这样一处住房已经相当不错了。

随着社会的发展，在党和国家富民政策的指引下，人们的生活一天比一天好，腰杆子硬了，钱袋子鼓了，首先想到的便是改善住宿条件，于是各种砖混结构、混凝土结构的平房、二层小洋楼等如雨后春笋般出现。在乡村振兴的大背景下，村里的面貌焕然一新，我家的"土基子"瓦房不再适合居住，也有点跟不上时代了。于是，父母一咬牙，拿出这些年的积蓄，又找亲戚朋友借了点钱，在原"土基子"瓦房的位置上修了五间混凝土琉璃瓦房和三间彩钢瓦房，这比以前还宽敞明亮。为了庆祝新房即将落成，家里举行了隆重的"上梁"仪式，在梁上用红线绑上筷子、老皇历（对日历的俗称）等，红色代表喜庆之意，"筷"同"快"，合起来的寓意是祈盼主家快快发财、人旺财兴。父亲给梁上挽红被面（或红绸、红布），在房子四周放鞭炮。母亲蒸了很多馒头招待盖房的师傅们，买了很多水果糖让"上梁"的师傅们抛洒，据传，谁抢到的糖果多，谁沾的喜气就多，就会发财。木匠师傅口中念着祝福的顺口溜："吉日上梁保平安，荣华富贵万万年！"随后指挥众人共同喊"抬起来呢嘛""使点劲呢嘛""哎嗨"等劳动号子，把几百斤重的房梁抬上房顶，鞭炮声、喝彩声、欢笑声一起成了喜庆的交响乐。混凝土琉璃瓦房用来住人，彩钢瓦房的用途和原来略有不同，现在耕种都机械化了，彩钢瓦房一间储物，一间放家里的农用三轮车，还有一间是备用的车库。

2008年，我从北京的一所军校毕业，分配到了离家大约四百公里的某部队工作。这些年一直在外，和妻子两地分居，没考虑买房的事。直到2017年从部队转业回来，才贷款在市里买了一套110平方米的楼房。花园式的小区环境优美，电梯24小时运行；小区地下一层建有停车场，小区里有商场、超市便利店等，离小区不远的地方就有幼儿园、小学和中学；步行30米就有公交车站、共享单车点，坐着大巴车30分钟就到飞机场，既方便又快捷。因为有地暖，冬天家里也不冷；空调、冰箱、手提电脑、平板、液晶电视等现代化家电也用上了，做饭用清洁能源天然气……

沐浴着党的阳光和温暖，乡亲们的生活条件是芝麻开花节节高。每次放假回家，我都能看见爷爷辈的人坐在自家的院子里，全智能的老年手机里播放着他们最喜欢的歌曲或秦腔，手在大腿上打着节拍，一副很陶醉的样子。我经常打趣他们："社火爷，您可真会享受啊！""烂嘴爷，这日子舒坦啊！"……他们往往都会笑成一朵花："现在生活这么好，就应该好好享受！""你看咱家这小洋楼，比城里的别墅还宽敞！""现在的生活富足了，这都多亏了共产党啊！"

父亲来城里看了我买的楼房，脑子里盘算了一下这些年全家的变化，有所感触地吟诵了《庄子》里的一句话："人生天地之间，若白驹之过隙，忽然而已。"然后深情地对我说："这些年，我能从民办教师转正，你们姊妹几个都有了工作，咱家能盖上新房，你也能住上这么好的房子，都得感谢共产党，感谢国家的好政策，这在以前可是连想都不敢想的事情啊……"

我家住房的变迁，从窑洞到土木结构的土基子瓦房，到混凝土结构的琉璃瓦房，再到楼房，这一步步发展都留下了时代的烙印，见证着中国共产党领导下的人民群众住房的变化，也折射出生活的变迁。

当老师的父亲

前段时间，父亲打来电话说，快开学了，趁暑假还剩下几天时间，想到市里来，让我带着他到华池县南梁镇看一看。因最近比较忙，我便敷衍父亲："爸，您身体不好，还晕车，这大热天的，我带您到周边的小崆峒逛逛就行了，何必跑那么远呢？再说南梁是红色景区，您又不是党员……"

我的话还没说完，父亲的犟脾气一下子就上来了："你小子懂个啥，让你去你就去！"

第二天，父亲坐着班车就来了。晚饭后，父亲一脸严肃地坐在客厅里，活脱脱一个"老学究"，扳着指头给我和媳妇开始上课："这么多年了，我心中的这份感情你怎么能体会得到？没有党，能有你的今天？能有咱们家的今天？当年，我是怎样从一个民办教师转正的，还不是党的政策好！"

喝了口水，父亲继续说："前些年，穿衣是新三年、旧三年，缝缝补补又三年，你们姊妹几个不就是一件衣裳老大穿了老二穿，老二穿了老三穿吗？再看看现在，你们哪里还会穿破旧衣服。过去，吃的全凭票供应，很多人都吃不饱，不得不就着粗粮拌野菜；年景不好那些年，红薯干吃得人全身都浮肿了，就连这都还经常'朝不保夕'。你再看看今天，肉、蛋、鱼、果、菜四季常有，人们想吃什么就买什么。那些年，人们走的是黄土路，一到下雨天就泥泞不堪，交通非常不便，一天到县城的班车就一趟，多数靠步行或者搭乘过路车；而今天，公路通到家门口了，一天从早到晚，有十几趟班车不说，好些人家都买了私家车，出行多方便呀……"

正说着，电视里的《新闻联播》开始了，听着那熟悉的音乐，父亲神情专注地看了起来。

这是当老师的父亲给我上的一堂最好的"人生课"，我不由地陷入了沉思。这些年，我一直在部队，很少关心父亲的生活，教师节连个电话也没打过，每年仅有的一次休假时间大多还和妻子在一起。当我们几个一个个都像鸟儿一样展翅高飞，离他远去，作为父亲，看似"儿女都出息"的光鲜背后，他是孤独的；作为教师，桃李芬芳满天下，当学生们一个个都学有所成时，他的内心最幸福。

这个教师节，想起了曾经看过的一篇文章《世上最孤独的是父亲》中的一段话："在这个世界上，最难懂的人就是爸爸，他一边教育你勤俭节约，一边偷偷地给你零花钱；在这个世界上，压力最大、在外面竞争最残酷、肩膀上担子最重的人便是爸爸……"瞬间泪落如雨。

医者母亲

1992年5月，我所在的偏远县城举办了一期"赤脚医生"培训，原本卫生学校毕业的母亲有幸被选中。接到通知时，刚出生三个多月的妹妹还没断奶，母亲不顾全家人的劝阻，毅然决然地参加了培训。培训结束，他们也只在县人民医院简单实习了一个月，从此就踏上了艰辛而漫长的行医之路。也就是在那一年，母亲被选为村妇联主任，连续六届当选为县、乡党代会代表，十八次被表彰为县、乡卫生和妇联系统先进工作者。由于长期走村串户，行走在田间地头，守护着农民的健康，以贴心关怀和真诚服务为广大村民送着温暖，脸蛋上的高原红、很严重的胃病、脚底厚厚的老茧等都成了岁月留给她永远的印记！

"一顶草帽两脚泥，风里来，雨里去，背着药箱去下地，看病认真又仔细。"那时的赤脚医生，都是一边干农活一边行医，谁家有个头疼脑热、跑肚拉稀，他们在没有固定薪金的情况下，都会第一时间赶到，母亲也一样。她不光能开诸如食母生、多酶、四环素、土霉素之类的西药，也能按照传统方子抓中草药，一些头疼脑热、拉肚子、简单外伤等常见病，经过她的诊治，都能药到病除。值得一提的是，当时家乡农村人家生孩子基本上都找接生婆，孕产妇、新生儿的死亡率比较高。为了改变这一状况，国家提倡新法接生，即"乡村医生代替接生婆、减少新生儿死亡率"。起初大家因为思想守旧接受不了，母亲便开始挨家挨户地搞宣传，在母亲的感召下，大家慢慢也认可了。特别是每年后半年，正值夏秋收的大忙季节，新生儿也会比平时多，母亲白天要下地干活，半夜经常被孕妇家人叫走……记忆中的母亲，每年这个时候，都会因为过于劳累而晕倒那么几回。

"抬头一溜天，出门就上山。"我所在的村子共11个小村、560多户、2600多口人，6个小村都处于山区。一年365天、一天24小时，母亲随时准备着，不管冬天多冷，夏天雨多大，只要村民一声招呼，她就得走。吃五谷杂粮的人，生病是没有特定时间的，后半夜感冒发烧的事常有发生，我们姊妹几个经常半夜被来看病的人吵醒，听急诊病人的呼喊、小孩子打针时的哭声几乎成了家常便饭。因为美梦被搅，刚开始我们常常抱怨母亲，但母亲却从来不跟我们计较。后来习惯了，有时晚上听不到这些打搅的声音，反倒会惹得我们几个睡不着觉。

善良、淳朴的农家本色造就了母亲有苦不说的品质。在行医的路上，她所吃的苦一如她走过的路。周末放学回家，我经常一觉醒来，看见母亲要么点着煤油灯钻研医学方面的书，要么在给我们纳鞋底。她的双手布满了针眼，经常是旧针眼刚好，新针眼又扎下了……预防接种的疫苗有冷藏期限，母亲起初全靠那只带有简单冷藏功能的防疫箱，也只能保存2—3天，不像现在有冰箱冰柜，方便多了。母亲一个人跑遍所有塬面和山区的村子，至少得四五天时间，所以她每次从卫生院领疫苗回来，就得匆匆出去打针。有的村与村之间离得远，爬山蹚河、饿着肚子赶路是常有的事，吃饭基本上都是饥一顿饱一顿的，胃病就是那个时候落下的。每次回来，母亲的两条腿都肿得像面包一样，有好几次，擦破皮的细肉和裤子黏在一起，晚上脱的时候疼得她直咬牙。即使这样，她仍默默地耕耘在家乡这片热土上，她的老伙计——急诊箱换了又换，背带磨断了一根又一根，但她仍旧在自己平凡的岗位上抒写着生命的高度。

母亲爱琢磨，慢慢就掌握了一套应急处理技巧，比如，治疗脱臼就是她的绝活。如果哪个小孩玩耍时胳膊不小心脱臼了，她会先观察，一边逗孩子说话转移其注意力，一边用手轻轻抚摸胳膊关节处，忽然手里一旋又一推，脱臼的胳膊就接上了，这时的她最高兴，也最自豪。除了治疗脱臼，还因她不管老人和小孩输液都只扎一针，而被人们亲切地称为"一针姨"。离我们家大约二十公里的一个偏远村子有个王大爷，是一位常年瘫痪在床的老人，患高血压、冠心病等多种病，生活基本不能自理。每次犯病，都是儿女们背着老人到医院做检查。尔后，医生开好两至三个疗程用药，带回家让母亲扎针输液。周围人都知道，母亲不光细心，"一针姨"这个称呼也不是白叫的。老年人的血管常常不明显，扎针是个技术活，除了医院的护士，方圆百里就数母亲的手艺最好了。打"吊瓶"的时候，母亲熟练地戴上老花镜，跪在王大爷家的土炕上，绑紧止血带，右手拿针头，左手轻拍两下王大爷胳膊上几乎看不见的血管，仅凭感觉，右手果断下针，左手习惯性地折了一下输液器上的塑料管子，眼睛盯着针头，嘴里说道："有回血，扎上了！"只扎了一针的母亲这才松了口气，熟练地用输液贴固定好针头……这还不算完，打"吊瓶"的过程中经常会出现滚针的情况，得重新扎，有时候打一次"吊瓶"就有好几次滚针，为了减少来回折腾，母亲就索性看着老人把点滴打完。因为，输液过程中得时刻掌握输液器的流速，尤其对高龄老人来说，点滴的速度不能太快，否则容易出现其他不良反应。

2004年，母亲取得了"乡村医师资格证书"，从赤脚医生转为乡村医生，继续着她的行医路。她把太多的时间和精力奉献给老人、妇女和儿童，村里人的言语中满是感激，而我们一家人却有说不出的苦衷。过去家里经济状况不好，我们姊妹几个上初中和高中时都住校，睡着大通铺，过着"背馍上学"的日子，周日离家时带够两到三天的干粮和咸菜，到周三中午的时候，父母亲再抽空送两天馍来，母亲常常因行医迟送而遭我们埋怨；大半夜了还吃不上饭是常有的事；姐姐到城里参加中考时，仍然穿着她那双有点发旧的花布鞋，这恰巧被姥姥看到了，引来的又是一通埋怨……起初我们都不理解，后来慢慢也适应了。

大爱无疆济千家，满头青丝变白发。三十年来，母亲时刻牢记"民之所需，行之所致"的神圣使命和职责，集治病、护理、药剂于一体，为全村老小送医送药，很多孩子都是她亲手从打预防针开始，一针一药守护着长大的；很多家的老人临终前，都是她守护在身边，看着咽下最后一口气。母亲常说："乡村医生就是耕耘保健员，医患之间就是缘分哪！"

如今，母亲已经五十八岁了，还担任村卫生所防疫员和妇幼专干。虽然新型农村合作医疗等国家的好政策让村里孕妇临产都去了乡镇卫生院，但受一些条件限制，孕妇怀孕期间所必需的、定期的一些产前常规检查，还有产后访视、婴幼儿预防接种、健康教育宣传等工作，都不得不由像母亲这样的乡村医生来完成，以确保孕产妇的安全和新生儿的健康成长。

大爱，不只是无私，更是怀寄天下黎民苍生的守护；生命，不只是珍贵，更是衡量人心良知的道德标准；荣誉，不只是鲜亮，更是隐入细微尘烟的默默坚守。

童　年

　　"池塘边的榕树上，知了在声声叫着夏天，操场边的秋千上，只有蝴蝶停在上面，黑板上老师的粉笔，还在叽叽喳喳写个不停，等待着下课，等待着放学，等待游戏的童年……"还记得二十世纪八十年代诞生并风靡校园的那首《童年》吗？几十年后，当耳边再次响起那首《童年》的时候，我们每个人都在寻找自己过去的影子，那清澈的池塘、挺拔的榕树、喧哗的知了、秋千上的蝴蝶、严厉而又和蔼的小学老师、一直期待的漫长夏天……

　　时间如溪边的流水兀自远去，弹指一挥间，我的人生业已经历三十多个春夏秋冬。已过而立之年的我，每次上下班路过公园或者健身广场，看着那些天真烂漫的孩子，都会情不自禁地想起自己童年生活的点点滴滴，那些原本遥远而模糊的记忆突然就变得清晰、鲜活起来了。

　　我的童年是在黄土高原上一个偏僻的农村里度过的。我们家的三孔窑洞和大伯家的四孔窑洞共同组成了一个地坑院。地坑院正面为窑洞，两侧为崖壁，另一面是砌了院墙并靠沟的出口，沟边长着一棵歪脖子大柳树和一棵枣树。夏天，我们几个堂兄弟姐妹就时常站在沟边，敞开衣襟，很舒服地喊上那么一两嗓子，感受着顺沟吹来的凉飕飕的夏风，惬意而解暑。冬天，院子里下了厚厚的雪，我们几个孩子一起打雪仗堆雪人，在撑起的筛子里撒点秕谷，给捕食的麻雀下套，偶尔能逮住一两只，玩几天后放飞。还时常在院子里玩各种各样的游戏，捉迷藏、滚铁环、丢沙包、跳皮筋、踢毽子、跳绳等，在那时的乡村都是很流行的。

童年是一个驿站，对有的人来说，这里放着一杯浓浓的咖啡，它会在大雪纷飞的冬日暖到你的心窝里；对有的人来说，这里放着一杯淡淡的清茶，它会在烈日炎炎的夏天让人陶醉并回味唇香；而对我来说，这里却放着一杯烈酒，初喝刺喉，伴随着那种涩涩的感觉，放得久了，却越发觉得绵柔醇香、润喉醉人……

长期生活在黄土高原上的男女老少，没有一个不明白"靠天吃饭"这个最简单的道理。干旱少雨是西北地区特有的自然特征，遇上大旱年景，人们甚至连温饱问题都无法解决。俗话说："人勤地不懒，秋后粮仓满。"虽然不能改变恶劣的自然气候条件，但如果够勤快，如果和黄土拼命的话，一家人也会不受饿肚子的煎熬。父母亲又何尝不明白这个道理呢？单靠当民办教师的父亲每个月那五元钱的工资，交给生产队一半后剩下的两元五角钱是根本养活不了一家人的。所以，母亲常常一整天都在地里拼命劳动，父亲常常利用中午、下午放学后的时间帮着母亲一起干活。父母亲就这样年复一年、日复一日地在自家地里拼命干活，以维持一家人的生计，根本没时间顾及我和姐姐。

还没到上学年龄的我们，时常被锁在那孔住人的窑洞里，眼泪汪汪地唱着"豆豆菜，生拐拐，老爷娶了个小奶奶……"等童谣，各自找着自认为像样的马勺、铁勺、擀面杖等东西当玩具。玩累了倒头就睡，睡醒了继续在黑暗的窑洞里玩。平时，父母都在家的时候，一家人其乐融融，觉得窑洞里挺敞亮的；当父母要到地里劳作，那仅有的两扇门板被锁上的时候，孤独、恐惧便时刻陪伴在我和姐姐左右，窑洞原来竟是那样深邃、瘆人……我们常常爬到窑洞的窗台上，两手扳着窗格子，透过纸糊的窟窿，两眼望着院中能看见的地方出神，渴望着那两扇门板忽然吱呀一声打开，父亲那洪亮的声音和光明透射进来，驱走黑暗、孤独、害怕。再后来，我们全家人搬到宽敞明亮的红瓦房里，有可供玩耍的大院子，父母不在时的这种孤独感才渐渐消失，而我也告别了童年时代。

童年是一幅画，"窑洞、地坑院、枣树、铁环、沙包……"才能构成它的色彩斑斓、绚丽多彩；童年是一首歌，"天真烂漫、无忧无虑、纯朴真挚"才能弹奏出它的婉转悠扬、徐徐动听；童年是一场梦，"童心、童真、童趣"才能体现它的情意绵绵、回味悠远。巴尔扎克说："童年原是一生最美妙的阶段，那时的孩子是一朵花，也是一颗果子，是一片朦朦胧胧的聪明，一种永远不息的活动，一股强烈的欲望。"童年早已离我远去，但我常常梦里回到童年，因为那里有最难忘的时光。

夏 忙

端午回家，空气中到处都弥漫着诱人的麦香味，望着田野上金黄色的滚滚麦浪，我不禁想起唐代大诗人白居易《观刈麦》中的诗句："田家少闲月，五月人倍忙。夜来南风起，小麦覆陇黄。"描写的正是麦熟季节丰收的喜人景象。"三秋不如一夏忙"，再过十几天，就到陇东夏忙的时候了，前些年抢收、碾场、扬场、入仓的一幕幕，又如扬麦去壳般浮现出来……

以往这个时候，父亲该带着我到镇子集市上置办一些割碾囤的用具了，大抵有镰刀、木锨、铁杈、扫帚、席包等，尔后家家户户都开始磨镰，平整打麦场。

老一辈人常说"蚕老一袋烟，麦黄一晌午"，饱满的黄澄澄的麦穗，在微风中摇头晃脑地互相道喜的时候，用不了三五天，就得黄熟，意味着就要开镰收割了。学校按照惯例会放夏忙假，大人在地里割倒捆成麦件子，小孩用架子车拉到麦场上堆成垛。"六月的天，孩子的脸"，为防止冰雹等恶劣天气搞突然袭击，使一年的辛苦不付诸东流，陇东人无疑要从老天爷嘴里虎口夺食，故有"秋忙夏忙，绣女下床"之说。

抢收完毕，选一个晴好天，村里几家人联合起来，约好同一天碾场。年长者在场中心立一捆麦子，然后大家围绕这个中心，将麦件子一圈圈叠压着摊开，暴晒一晌。随后由各家的男劳力给碌碡套上牲口，胳肢窝夹上接粪的笊篱，一圈圈地碾场，碾轧要均匀，不能漏一点间隙。场上只有碌碡与掰杮摩擦发出的吱扭声，知了在树上拼命嘶叫，"哎哎咧咧"的赶牲口声，"吱吱扭扭"的石磙声，上演着一曲动人的交响乐。太阳越毒碾轧得越好，麦粒脱得越干净，就是人得跟着遭点罪，戴着草帽依旧挥汗如雨。这时最需要水，山里采的地椒泡制的凉茶最解渴，刚从井里打上来的凉水也不错，碾一会儿，舀起一搪瓷缸子，把嘴凑上去不换气儿的一口喝完，再舀再喝……

要想麦粒脱得净，还得多翻场。碾完第一遍，原本坐在阴凉处做针线活的女人们就得放下手里的私活，拿起铁杈开始翻场，谁家男劳力碾得快就先翻谁家的。虽然翻场时灰尘漫天，伴着热气蒸腾，难受得人喘不上气来，但在一群男男女女欢快的笑声中，人们丝毫感受不到压力。男人们将牲口赶到场边休息，各找阴凉处，年轻者玩摔老K，年长者装上一锅旱烟"吧嗒吧嗒"，边抽边说些有盐没醋的闲话；过足烟瘾，疲乏也没有了，把烟锅里的烟灰埋进土里，翻起来的麦草也晒得差不多了，然后起身，吆起牲口碌碡，继续碾场。女人们这时得回家赶着做午饭，蒸馍夹辣子人们似乎百吃不厌。

晌午偏过，太阳依旧毒辣，场终于碾完了，该起场了。碾场的男人回家吃饭，吃过饭的所有男女老少全都集中到场上，杈头飞扬，笑声喧天，这是一天最热闹的时候，看似乱哄哄，其实谁没来、谁迟来，大家心里都有数。人们用杈头挑起麦草抖动着，让裹挟在麦草里的麦粒落下来，然后将麦草搭成堆；腿脚麻利的两人一组便把铁杈推着满场疯跑，瞅准麦草堆，猛跑几步，将麦草杈起，推到要摞草垛的地方。推铁杈看似简单，其实大有学问，要不高不低、不偏不倚；高了杈不完麦草，低了会把土场杈烂，偏了推不了几步就会散垛。摞麦草垛也是个把式活儿，已故五爷可是个高手，手握铁杈或镰刀，将麦草向四处摊叠，速度快，麦草摊得也服帖，层层叠加成一垛方方正正的草摞子，草摞的顶部会收成人字形，雨天防水。这是家里牲口的草料，绝对不能糟蹋。

起完麦草，场面上就剩下厚厚一层麦粒麦衣了。人们用推耙将场里的麦子收成堆，看着小山似的麦堆，长辈们脸上露出了一丝欣喜，煎熬了大半年的神情一扫而光。留下扬场的两三个男人，掠场的一两个女人，其他人便可以回家休息。

"迎着风好扬场"，扬场是个累活儿，也有技术含量。男人用木锨扬，女人用扫帚扫，一扬一扫，轻盈敏捷，很有节奏，就像跳双人舞那样配合默契。无风时还要"借东风"，搭起窝棚，等到晚上起风，有时十一二点钟，有时甚至等一晚上也来不了半点风。后来有了拖拉机带动的风扇和电风扇，那强劲的风力使扬场省了不少工夫。

夕阳西斜，余晖中的打麦场最惬意。褪去了炎热，和着丝丝的凉风，打麦场宛然就是人们的"游乐场"。那时没有水泥路面，打麦场是难得的溜光圆滑地，小孩子追逐打闹、藏猫猫、翻跟斗、架起单腿斗鸡，热闹非凡。光着脚片踩在麦粒上，痒痒得摔个"仰八叉"，引来欢声笑语，打麦场沉浸在一片祥和的氛围中。

碾好的新麦晒了又晒，直到颗粒归仓，陇东夏忙才算结束，家家户户都长舒了一口气，哎，好在一年没有白忙活。

而今陇东的农业机械化程度越来越高，种有播种机，收有联合收割机，夏忙早已成为沉甸甸的岁月记忆。

喜看家乡新变化

回到老家，整理以前的旧物品，偶然发现一本影集，那一张张泛黄的老照片勾起许多儿时的记忆，思绪一下子飘到了三十多年前。

这些年一直在外奔波，回想起久违的家乡，无论是流淌的茹河水，还是静谧凝重的黄土地，都在我脑海里清晰浮现。想想今天的幸福生活，真是天壤之别。

我的家乡马沟村，地处黄土高原腹部的一个小村子，塬窄沟深，自然条件极其恶劣，家乡的人们守着黄土地，过着"靠天吃饭"的日子。据父亲说，过去住的是窑洞、厦房，走的是黄土路，烧的是柴火，房前屋后到处是蒿草垛，村里没电，黄土路一到下雨天就泥泞不堪，交通非常不便，一天到县城的班车就一趟。而现在的房子都是宽敞明亮的抗震安居房或自盖的小洋楼，乡村振兴的好政策让公路通到了家门口，做饭用的是电气、煤炭，自来水也进入了千家万户，村里的文化广场、活动室也建成并投入使用了，乡亲们的生活条件今非昔比。

改革开放前，经济发展水平较低，商品供应比较匮乏，人们买衣要凭布票，而且数量有限；衣服颜色和款式单调，大家都穿着千篇一律的灰色中山装。的确良衬衣被冠以"文明新装"，谁家要是有一件，那可就成新闻了。穿衣是"新三年，旧三年，缝缝补补又三年"。如果家里有一个人当兵，全家都会穿上绿军装。改革开放以来，随着收入增加、物质丰富和思想解放，市场商品逐渐丰富，乡亲们开始追求新、美、时髦的穿戴，穿着更加讲究舒适大方，服饰颜色款式变得丰富多彩。不少人穿上了名牌服装或时装，服饰已不仅仅是御寒的工具，也是人们显示风度、展示个性的方式，更是生活富裕的体现。

黄土高原塬窄沟深，聪明勤劳的乡亲们利用黄土高原这一得天独厚的自然条件，创建了独特的窑洞，《诗经》里称为"陶复陶穴"。为挖窑省工，大部分人选择靠崖畔、塬边或沟边挖建，依地形分散居住。二十世纪八十年代，随着社会的发展，乡亲们的钱袋子鼓了，于是改善住宿条件成了生活的重点。起初住在山下的乡亲们，在塬面修成一处处土墙青瓦土木框架的"九连环"，不仅人均居住面积大，而且室内装修和居住环境也有明显改善。"远上君子到此庄，莫笑土窑无厦房。虽然不是神仙地，可爱冬暖夏又凉"，便是赞美陇东一带装饰精美的窑洞民居的诗句。还有，如雨后春笋般出现的红瓦房和居民点也让村子的面貌焕然一新。

二十世纪七八十年代，一天到县城的班车就一趟，乡亲们多数靠步行或者搭乘货运车，而且这些都是城里淘汰的破旧车辆，中途超员超载的现象时有发生。改革开放以来，围绕新农村建设，大力实施城乡道路畅通工程，一条条缎带式的沥青路从县城向乡镇延伸，村里笔直宽阔的水泥路直通318省道。更重要的是，过去由于交通闭塞而销售困难的农副产品也随着道路的畅通进军国内外市场，为农民群众带来丰硕的收入。现在从县城到乡镇都通上了班车，每天至少发车七八趟，乡亲们出行更加方便，而且私家车、出租车也成为乡亲们出行的首选方式。

改革开放四十多年来，家乡各方面建设迅猛发展。乡亲们的物质生活和精神生活发生了巨大变化，经历了从无到有、从少到多、从低档到高档、从单一向全面的发展历程。曾几何时，人们为了买一台电视机，全家人要省吃俭用好几年。如今，电脑、小洋楼、空调、移动电话、数字网络电视、小汽车等已进入千家万户。

在乡村振兴战略的大背景下，现在农民能够病有所医、老有所养，一大批惠农政策相继出台，乡亲们的生活真可谓日新月异、翻天覆地。

乡村广播电视发展印象

  我是伴随着改革的春风成长起来的一代。从记事起，我家就住在一个由三孔破旧窑洞组成的地坑院里。我家和邻居家的地坑院中间有一个土台子，上面架着一个大喇叭，是乡亲们收听天气预报、知晓国家大事的唯一途径。

  靠天吃饭的庄稼人对天气变化极其关注。每天晚饭后，我家崖畔的打谷场上便热闹非凡，村里人三三两两的拿着小板凳，跟看戏一样聚到打谷场，全神贯注地听天气预报、听广播新闻。那时的广播是由县广播站通过无线发射方式将信号传送至乡镇放大站，再由乡镇放大站通过有线传输的方式进行广播，所以信号很不好；尤其是遇上雨雪天气，不光声音小，还伴有"嗞嗞"的干扰声，实在听不清楚。

  有一天，我家的打谷场突然变得寂静了，大喇叭也不见了踪影。一贯爱听天气预报的大伯，费了好大劲才爬上土台子查看，原来喇叭被夜里的大风刮掉了，便取回交给村主任。村主任终究也没找人安装，最后竟然成了他喊话的工具，隔几天沟口就会响起："噢，修农田了……"

没了大喇叭广播天气情况，村里人便成了"聋子"和"瞎子"。每到夏收季节，经常会发"白雨"（雷阵雨的俗称）、下"冷子"（冰雹的俗称），几场突如其来的恶劣天气让村里人猝不及防，遭受了不小的损失。七爷经常抱怨："鬼天气让庄稼人不好过。"这话被休班回家的儿子听见了，一狠心，花了29块钱，买回一台半块砖头大小的"红星牌"收音机。村里人听了吓得倒吸一口凉气，那得卖多少鸡蛋呀！纷纷夸七爷的儿子孝顺。要知道，七爷的儿子也是从土坷垃里爬出去的，赶上城里招工当的工人，每月才挣18块钱。从此，七爷家原本冷清的院子一下就有了人气，七爷和老伴每天都早早抬出窑里的八仙桌，把收音机搁在上面，准时为乡亲们播放天气预报。乡亲们或手持农具、或担着担子、或抱着孩子，每天从地里回来的第一站就是七爷家，即使晚饭迟做迟吃一会儿，也要打听天气变化状况。

收音机大概为村里人服务了三年，到了1989年初，时任村主任的八爷花了六百多块钱，率先买回一台十四英寸"牡丹牌"黑白电视机，于是人们争先恐后地前往八爷家。那时的接收天线是电视机自带的可伸缩天线，只能接收中央台、甘肃台和宁夏台的两三个台，而且由于设备、技术等多方面因素影响，节目信号时有时无，图像及声音很不正常。

后来，县广播站在乡政府院子里架设了一座三十几米拉线铁塔，提高了电视收转质量。不久，我家的经济状况好转，修了新房，告别了住窑洞的历史。

1995年，父亲从民办教师转正为公办教师，父母高兴得几夜没合眼。父亲拿转正后第一个月工资和家里平时的一点积蓄，花了 1780 元买回一台十八英寸"康佳牌"彩电，当时在村里可神气了，每天都有三五十人前来观看。那时，只要在自家院子里栽一根杆子，固定好室外天线，接收效果就比较好，能清晰地收看中央一套、二套和甘肃、陕西、宁夏等周围省市的十多个台。后来，随着农村经济普遍好转，乡亲们都陆续买了彩色电视机。

2004 年，我考上了北京的一所军校，每个月领 110 元津贴。那时被人们称为"卫星锅"的卫星电视接收器正兴起，我不顾父母反对，用自己平时攒的 220 元钱给家里买了一套，能收三十多个台。再后来，村村通、户户通工程进入千家万户，家家户户都装上了微型信号接收器。

等到 2008 年，我大学毕业并参加工作，村里几乎一天一个变化，液晶电视、Wi-Fi、触屏电视、电脑、iPad 等早已经普及了……

乡村的变化最能体现改革开放的伟大成就。记忆中，乡村广播电视经历了从无到有，从大喇叭到小收音机，从收音机到黑白、彩色电视机，从小屏幕到大屏幕，从台少到台多，再到液晶、触屏等变化。我想，这些变化只不过是改革开放四十年变化中的一隅罢了。

卖春联

转眼就过了"腊八",过了"腊八"就是年。村里的人早已按捺不住内心的喜悦,杀年猪、蒸年馍、备年货,忙得不亦乐乎;集市也空前热闹起来,卖年货的摊点比平日里多了,为了招揽生意,小商小贩们大声吆喝着,叫卖声此起彼伏。赶集的人在这里瞅瞅,到那个摊点上逛逛,然后称心如意地离开。

年货中,大红的春联是必不可少的。据传,贴春联这种习俗起源于上古时期的桃符(周代悬挂在大门两旁的长方形桃木板)风俗,春节时门上悬挂或者张贴神怪之物以吓退妖魔鬼怪,于是就挂桃木板,再刻上两句吉利话祈求平安,到后来演变成用红纸书写两句对称的吉祥语贴在门上,又加上横批,正好符合大门的形式。春联,不光增加了年的色彩,也给人们的日子带来了火红的希望,让年过得更加有味道。

近些年,乡村发生了翻天覆地的变化,乡亲们生活条件好了,大家越来越喜欢买现成的、印刷好的春联,省事、精致,想贴多大就贴多大。花上几十元,买个十来八副,也不在乎那几个钱。

长年在外打工的堂弟，每年都要在"腊八"前后赶回家来，为的就是卖春联。其实，他心里总想着：哪一年彻底卖完了，再也不干这营生了。但往往事与愿违，每年总会剩下那么一点，于是不得不赶腊月回来，再进点新货，有时实在忙不过来，便找妹妹帮忙看摊。

也许是受了堂弟的影响，那年刚考上西安一所大学的妹妹，放寒假时突然有了卖春联的想法，于是顺路从西安批发了些回来。

当然，因为怕父母反对，这一切都是瞒着他们悄悄进行的。但我和姐姐是知情的，并且表示大力支持，我还让媳妇偷偷借给妹妹 800 元作本钱。

父母见生米已经煮成熟饭，就不好再说什么。从此，不光是妹妹一个人起早贪黑，从每天的装车出摊到搬运收摊，全家人都跟着忙活起来。

那时，我还在部队，平时工作比较忙，很少在家过年。但那年，我们刚参加完一个重要的演习，领导临时决定让我带头休年假，那时别提有多高兴了。

顾不上舟车劳顿，我就参与到妹妹卖春联的生意当中。我粗略数了一下，大约百米长的街道两旁，卖春联的摊点竟有三十多家。"这竞争也太激烈了吧！"我暗暗地为妹妹捏了把汗。

每天天不亮我就起床，顶着冷飕飕的风，和父母亲一块儿帮妹妹抢摊位，装车卸车。

在摊位上，无论我卖的价格高与低，妹妹都不满意。因为卖低了，她害怕赚不了几个钱，不够全家人起早贪黑的辛苦钱；卖高了，她又担心买的人少了亏本或干脆没人买。

我打趣地说："大家以前都没正儿八经地做过生意，不管是赚了还是赔了，就当是一种人生经历吧！万一卖不完，咱家以后过年就贴你的春联！"

卖春联的日子一直持续到年三十上午，所剩无几。自家门上贴了一些，在母亲的提议下，又给周围邻居家送了一些，这样就彻底"卖光了"。

"年年岁岁花相似，岁岁年年人不同。"现如今，住在城市的楼房中，很难再像以前那样卖春联了，但那时全家人在一起卖春联时的那种忙碌、那种热闹，那种愉悦的氛围、那种浓浓的亲情，恰是腊月里的一坛醇厚诱人的美酒，散发着让人难以忘却的年味。一股暖意顿时涌上了心头！

录取通知书

　　人都有恋旧情结，我也一样，喜欢整理以前的旧物件。那天，一个牛皮纸信封赫然呈现在眼前。原以为，那是上大学时给家里写的一封旧信，翻过来才知道，它是我一生收到的最珍贵的礼物——军校录取通知书！

　　很普通的牛皮纸信封，地址和名字是打印出来粘上去的，通知书是对折起来的一张红色硬纸片，手填的名字、专业、学制等。

　　就是这张大红色的录取通知书，打开了我久违的记忆。当年高考，父亲要陪我，我知道父亲身体不好，还晕车，就笑着劝父亲："没事，相信你儿子可以的！"我一再坚持，父亲才作罢。林叔叔为了林高考，专门将自己县委机关的宿舍腾出来。我和林是好友，林邀我同住。高考第一天我俩的感觉不错，但第二天也许都有点骄傲，午休睡过了头，导致考最后一科理综时，赶到考场已经开考十二分钟了，再迟三分钟就进不了考场了。事后，我和林都感到庆幸，三分钟，我差点与军校失之交臂，而林也差点与兰州交通大学无缘。

为了拿到这张录取通知书，我也颇费周折。因军校是提前批录取，喜报早就张贴出来了，但录取通知书却迟迟不见来。村里其他人早早就拿到了，特快专递，很漂亮，里面的物品也一应俱全：油光彩页的院校简介、银行卡、入学须知等。村里邻居越高兴，父母亲就越着急，一遍又一遍地四处托人打听。后来实在等不急了，父亲干脆说："娃呀，别在家等了，干脆到县上去，在你四姨家等！"

在四姨家待了十来天，离开学仅剩九天的时候，我终于等到了录取通知书。于是急忙拿回村里，邻里乡亲出于好奇，都来参观，并且和其他人做了一番比较，然后七嘴八舌地说："太简单了""是不是假的？""比三本的还难看"……在众人的一浪高过一浪的怀疑声中，父母原有的自信也开始动摇了……

终于熬过了被人议论的日子，父亲送我顺利报到后，才回去给乡亲们证实：这张军校录取通知书是真的……

"一分耕耘一分收获"，一张光鲜的录取通知书背后，是故事，是汗水，是无数的坚强和付出。

情恋一棵杜梨树

在陇东黄土高原上的沟、塬、峁、墚间，生长着一种非常普通的树木，人们都称它为杜梨树。《诗经·召南·甘棠》中写道："蔽芾甘棠，勿翦勿伐，召伯所茇。蔽芾甘棠，勿翦勿败，召伯所憩。蔽芾甘棠，勿翦勿拜，召伯所说。"甘棠即杜梨。杜梨，也叫杜树、棠梨。

我曾不止一次地听母亲讲过关于杜梨的故事。相传很久以前，陇东黄土高原上有个女孩从小父母双亡，成了孤儿，小名唤作棠梨，靠给大户人家做些砍柴、挑水、洗衣服等粗活为生，可谓小小年纪就饱受了人间疾苦。有一天，棠梨外出砍柴时，在半路捡到一枚特殊的果核，心好的棠梨顺手种在砍柴的山坡上。过了数年，这颗种子竟奇迹般地生根发芽，最终长成了一棵参天大树，每年都会开花结果。一天，棠梨由于长期劳累，背着砍来的柴捆，恰好在路过这棵树时咳嗽不止，昏迷过去。这时，有一位仙人从这棵树上摘下果子，去核后研成粉末给棠梨喂了下去。棠梨才慢慢苏醒过来，这时仙人已不见了踪影。于是，好心的棠梨也学着仙人的样子，从树上摘下许多果子，带回村里给患病的穷人，治好了许多人的咳嗽病。就这样一传十、十传百，附近村子里的人都知道有这么一个叫棠梨的姑娘。后来，人们为了感念棠梨的好，干脆给棠梨送的这种果子起名"棠梨果"，把结满"棠梨果"的树叫"杜梨树"。从此，这个故事就被人们代代流传下来。

记忆深处的那棵杜梨树生长在村头的水井旁。它略显苍老，就像一位慈祥的老者在时刻凝望着整个村子。斑驳的树皮，粗壮的树身，大伞一样的华盖，歪了脖子的躯干，大概要两三个人张开双臂合抱才能围拢，树根如同鸵鸟的爪子，深深地嵌进黄土之中。不知何时，杜梨树成了全村人出远门或到镇子上赶集时歇脚的地方。也许是父辈，也许是父辈的父辈，从附近的山里搬回一块大青石，立在杜梨树下。从此，大青石就像杜梨树的孩子，被永久地庇护着。人们外出返回，口渴难耐时便很悠然地坐在那块光滑锃亮的石头上，喝一口甘甜清凉的井水，疲惫顿消。

每次路过那棵老杜梨树时，母亲都会指着它，然后深情地告诉我一些简单的道理："杜梨果虽然不怎么样，味不甜、个不大、样子不起眼，可杜梨树耐寒凉、坚韧抗旱，和村子里的杏树、槐树一样，热爱着脚下的这片土地；不管环境多么艰苦，它都依然顽强地生长着，从未有过丝毫的抱怨，这正是你身上所缺少的！""你知道吗？杜梨树的叶子在霜降后保持的时间最长，好像不甘自己凋零，一次次地和霜降抗争着，这是一种多么难能可贵的精神啊！"听着母亲的教诲，那时的我虽有些懵懵懂懂，但却深深地记在心里，直到很多年后我才彻底顿悟。

每年四五月份，杜梨树就开满繁花，引得村里的大人小孩都来观赏，洁白的碎碎的小花，顶着浅黄色的花蕊，乍看上去很像梨花，却比梨花的花瓣略显单薄和娇小，也格外羞涩矜持。让人大老远就能闻到一股淡淡的馨香，惬意却又熟悉，瞬间攫住了记忆中的味蕾。村里有人喜爱洁白无瑕的杜梨花，还要折几束带回家中，插到灌水的瓶子里养着，整个屋子马上就会被淡淡的、清新的花香弥漫。

小时候，我对杜梨花并不感兴趣，真正感兴趣的是能解馋的杜梨果。从开花一直能盼到入秋，树上挂满了一簇簇的杜梨，常常让我和小伙伴们仰着脖子仰到酸痛，垂涎欲滴并眼巴巴地盼望着杜梨熟透的那一天。有时候会忍不住用手中割草的镰刀刮下一枝，摘下一粒泛青的杜梨塞进嘴里，迫不及待而又小心翼翼地一口嚼下去，一股酸酸涩涩的汁液就释放到嘴里，能让人的整个脑袋都麻上好半天才缓过神来。于是只能边咽口水边等着盼着，忍不住总要想方设法地尝一尝。听小朋友们说，这种半熟的杜梨在开水锅里煮一煮就会熟，于是摘了几串，央求着母亲丢在蒸馒头的蒸锅水里煮，涩味虽然减少了，但吃起来依然很酸很酸。也有人说，摘下杜梨果埋在麦衣或发热的糠草中，过十天半个月也会熟。埋好之后，我耐不住心急，每隔两天都要拿出来看一看。那些熟透的发黑的杜梨果才没有涩味，那些由青泛黄的虽有涩味，但也能凑合着吃，拣吃剩下的再放回去接着闷起来，这样反复几次，甚是解馋，又能聊以充饥。

母亲时常看着我的馋劲替我着急，好不容易熬到秋天杜梨果熟透了，便运用自己的智慧，和面一起烙成了杜梨饼，咬一口，让人舌底生津。这时，也正是家乡人收获玉米、土豆等秋天农作物的时候，学校放了秋忙假，我们便跟着大人去地里劳动。有时路过杜梨树下，能捡到几粒硕大的自然熟透了的杜梨果，黄褐色的表皮，翘着长长的细柄，仿佛一直在树下等我似的。我顾不上擦一擦上面粘着的灰尘，就填到嘴里一口咬下去，酸酸甜甜的滋味很是过瘾。在那个忙碌的秋日，这种酸中又透着清甜的味道是我所品尝过的人间至味，它仿佛像棉花糖，在我的舌尖上迅速融化、蔓延，沿着食道落进了饥饿的胃里，搅得我更加饥饿难耐。

这些年，我外出上学直至后来参加工作，见到杜梨树的机会越来越少了。任岁月蹉跎，村头的那棵杜梨树的年轮增长了不少，吸黄土高原之灵气，得日月沐浴之精华，雪白的杜梨花、遒劲的枝杈、婆娑的绿叶、满树的杜梨；春来一树白，夏日绿葱茏，秋来一树香，愈发显得老当益壮，年年岁岁都显现着活力，把硕果和美呈献给一代又一代的高原人，给人们的心灵种下了幸福和谐的种子。

夏日村庄

夏日清晨，村庄里早起的山雀叽叽喳喳，在挂满酸毛杏的枝头叫个不停，云顿时被叫白了，空气被叫得开朗了，草尖上的露珠晶莹剔透，艾蒿的新鲜味、苜蓿甜甜的香气弥漫着整个村庄。站在村头，吸一口新鲜空气，让人全身都感到舒畅。太阳越来越高了，草尖上闪着七彩、映出人像的露珠儿干了，此时，一屁股坐在断崖下的荫凉处，呼吸着芬芳的泥土气息，舒服得再也不想动了。

夏日正午，浓密的大树上成了蝉的海洋，各种各样的蝉声，高的低的、长的短的、尖细的粗犷的，一波接着一波，你方唱罢我登场，悠长的悠长的，不绝如缕。也许是生活在乡下久了，小时候特别喜欢听蝉声，我觉得那才是天地间最美妙的声音。

夏日黄昏，晚霞像火焰一般燃烧，遮了大半个村庄，田野树梢间斑驳迷人，纯净而柔软，如仙女的素手抚摸着村庄。空气透明得像玻璃，山坳里布满一片柔和的雾气，缠缠绵绵的，橘红色的光和露水一起落在草丛里；属于乡村的青蛙再也耐不住寂寞，豪放地唱起歌来，中间还夹杂着几声蝉叫，给劳累了一天的人们带来无尽的活力和情趣。渐渐的，村子进入梦乡，树上的鸟儿也睡了。夜静极了，偶尔传来一两声狗叫，坐在小院的石凳上纳凉，总也舍不得那淡淡的月儿，还有那密匝匝的树影。一轮明月当空，想入非非的岂止是我，又岂止是你……

夏日的村庄，就是这样美妙！

清明，清明

　　年年清明，今又清明。伴随着一缕缕清风，中国的传统节日——清明节在北方大地上的杏花、梨花纷飞后悄然而至。这让人禁不住想起了唐朝诗人杜牧的《清明》："清明时节雨纷纷，路上行人欲断魂。借问酒家何处有？牧童遥指杏花村。"枝头上飘落的"杏花雨"与拂面而过的"杨柳风"交织在一起，花落成雨，柳茂似烟，一种催人泪下、肝肠寸断之情油然而生。

　　我想，杜牧写这首《清明》，一定是在连续好几年都遇到清明雨才有感而发的。那时，他正做池州太守。一年，他清明时节出行，又遇上了蒙蒙细雨。没有打伞的他和过往行人一样，急于找个地方歇歇脚，避避风雨，喝点小酒，暖和一下，便找人问路，大家都急匆匆地赶路，没人愿意搭理他，只有路边的牧童给他抬手指了一下，那杏花飞处酒旗飘扬，不就是酒家吗？杜牧感激牧童，当即在打尖的酒家赋诗《清明》。

　　"清明前后，种瓜点豆""植树造林，莫过清明"，清明时节，大地在渴望一场能滋润心田的细雨，万物正好乘此生长，清静明洁，故谓之清明。由于清明时节气候宜人，春色满目，也是令人神往的好时候。所以，在有些地方，人们在隆重的祭祀扫墓之后，还要尽情地亲近自然，到郊外踏青游玩。《后汉书·显宗孝明帝纪》引《汉官仪》云："古不墓祭，秦始皇起寝于墓侧，汉因而不改。诸陵寝皆以晦、望、二十四气、三伏、社、腊及四时上饭。"这一天，上至君王大臣，下至平头百姓，都对扫墓乐此不疲。

但清明节又和其他传统节日略有不同，在氛围上显得伤感，成了中国传统文化的一缕乡愁。在我的印象中，家乡的清明节也会逐雨而来，悄无声息的，这两者就像一对孪生兄弟。这雨，不会是倾泻如注的暴雨，多半会是丝丝缕缕、若有若无，最寻常不过的毛毛雨。

无尽哀思清明雨，一滴雨，几多泪。此时，定会有无限情思梦回萦绕，如轻轻吟唱的笛声在心底婉约响起；定会有许多湿漉漉的乡愁涤荡心头，似一把打开诸多思念的钥匙，使情愁诉诸笔端。可别小看了这疏疏密密、轻轻惆怅的毛毛雨，如果稍不留神，它就会从指尖滑走，让你留下些许遗憾。因为，正是这样的毛毛雨，夹杂着柔柔的、暖暖的风声，也最能拨动人遥想的心弦，使人的思念如团团燃烧的火焰，撕开尘封的记忆，散落一地的忧伤。

"少年不知愁滋味。"小时候，我特别盼望清明节的到来。一则大家聚集在一起很热闹，尤其是家族里堂兄弟姐妹众多，排着长长的队伍你追我赶，望着田垄上绿油油的麦苗，嗅着淡淡的花香，嬉戏打闹，很惬意。二则可以乘此机会打打牙祭。虽然那时物资匮乏，但在这个重大而神圣的祭祀节日，长辈们总会想方设法做些可口的饭食，肉夹馍、臊子夹馍有之，煎鸡蛋加饼、蛋糕亦有之，在象征性地祭祀完祖先之后，我们一群小孩子便可以饱餐一顿。

悲喜清明，百味人生。或许，生命从呱呱坠地的那一刻就开始了离别尘世的倒计时。这些年，随着年龄和阅历的增长，一个又一个亲人离我而去，成了黄土地上的一座坟头，我竟越来越怕清明节的到来，越来越怕清明节的毛毛雨了。每每想起山上那一座座孤坟，就想起了亲人的音容笑貌，这实际上就成了我们的坐标，它才是我们的根，才是我们的魂，更是感慨的热泪和感悟的沉思。

有朝一日，父母也成为一撮祭祀的黄土时，我们才能感受到生命的脆弱。也许，当我们老眼昏花，人生即将走到尽头的时候，才能将心比心地感受到每一位亲人离开尘世时的那种刻骨的眷恋和不舍，竟如此真切鲜活，如此缠绵悱恻，悲欢离合的情思愈加凸显。

清明是一个谜，谜底是儿时的过往；清明是一杯酒，蕴含着生与死的厚重；清明是一首歌，吟唱着前世今生的韵律；清明是一根线，维系着生者和逝者的情感；清明是一阕词，诉说着滚滚红尘中绵绵不断的悲欢离合。

春风放胆来梳柳

当和煦的春风轻拂过脸庞，吹遍大地的每一个角落；当其他万物还畏缩在残冬里，料峭的春寒中，一定有一些早春的精灵睁开惺忪的睡眼在悄悄露头，譬如春芽、柳枝、迎春花，譬如屋檐下呢喃的燕子。这时候，人们不会觉得太寒冷，这不是寒风突然改变了脾性，而是风里有了杨柳的气息。

在苍茫的原野上，在灰蒙蒙的天际下，春风默然细数着飘落的雪花，枕着杨柳的臂弯，跨过民间的时令，沿着早春时节弯弯曲曲的小路，踏着乡村平平仄仄的诗韵，一路探寻着春天的气息，然后停留在杨柳柔软的枝条上。在溪流边，在小河旁，在你能看到的地方，那一根根柳枝渐渐泛亮、泛绿，挂满一粒粒凸起的芽苞，鹅黄的"媚眼"缀满枝头。"隔户杨柳弱袅袅，恰是十五女儿腰。"这些柳芽，包裹着春的信息，包裹着柳的深情，神神秘秘，如少女心中藏匿着的心事。这也就难怪李商隐会留下千古诗句："花须柳眼各无赖，紫蝶黄蜂俱有情。"这不正是用"柳眼"来比喻少女如秋水横波般迷人的眼神吗？

杨柳吐绿，冲开冬日的桎梏，努力展示着自己的万千仪态，不仅装扮了大自然，还给人们带来别样的享受。唐代诗人贺知章恰好在这个时节外出游玩，被无形的不可捉摸的春风一吹，看着千万条嫩绿的柳条在飞舞，春风吹到哪里，哪里就是一片绿色的生机，顿觉春天的神奇，诗兴大发，吟出了一首家喻户晓的《咏柳》："碧玉妆成一树高，万条垂下绿丝绦。不知细叶谁裁出，二月春风似剪刀。"南宋诗人志南拄杖春游，欣然通过一座小桥，一路向东，正好有东风迎面吹来，于是他也留下了一首《绝句·古木阴中系短篷》："古木阴中系短篷，杖藜扶我过桥东。沾衣欲湿杏花雨，吹面不寒杨柳风。"其实，这诗中的"杨柳"专指柳树。传说，当年隋炀帝开凿大运河时，在河两岸广栽柳树。他带领群臣顺河巡游，看到翠柳依依、柔枝飘飘，红裙绿袄的少女们在柳林间漫舞，好一幅人间春景美图。于是龙心大悦，特赐柳树杨姓，故曰"杨柳"。这也许就是别样的皇恩浩荡了，从此，杨柳便成了柳树的另一个名字。

我国第一部诗歌总集《诗经》中就有"昔我往矣，杨柳依依"的描述。在古人看来，最先感知春天气息的就要数杨柳了。为此，南朝梁元帝萧绎作诗："杨柳非花树，依楼自觉春。"诗中道出了杨柳知春的自然属性。因此，从古至今，人们喜欢种植柳树。晋代名士陶侃善于植柳，其后人陶渊明也爱柳，特地在自己的屋前种上了柳树，并自号"五柳先生"。《本草纲目》记载："柳，即今水杨柳也。柳与水杨全不相似。水杨叶圆阔而尖，枝条短硬。柳叶狭长而青绿，枝条长软。"李时珍说："杨枝硬而扬起，故谓之杨。柳枝弱而垂流，故谓之柳，盖一类二种也。"诚然，古今诗词所咏杨柳就是指今天的杨柳。

　　多情的春天，有杨柳相伴，更平添了许多柔情。经过一个冬天的积蕴，草绿了，花开了，杨柳更以它清秀的叶儿吸引着阳光，近似墨远如黛，或肥或瘦，装点着春的画面，叫人为之动容。忽然想起村里的一棵棵大柳树，有些已经枯死，有些树干中空，有些遭受了雷电的袭击，但它们的生命力依然顽强。这时正值发芽期，过去自然成了我们最喜欢的去处。放学后，约上几个小伙伴，在树洞里捉迷藏、玩游戏，还会噌噌地爬上树，做柳笛、编帽圈。做柳笛时，把长着嫩芽的柳条折下来，截去枝杈，用手一小段一小段地旋拧，将树皮与木芯拧离，根据自己需要，用小刀截成或长或短的几截，用牙齿将木芯抽出，就成了一个柳枝树皮圆筒。将圆筒小头一端约一厘米处剥去外层绿色薄膜，噙于口中吹奏的时候，还伴着丝丝的甜味，我们很喜欢那种味道。这柳笛受长短粗细和吹奏气息大小的制约，会发出高低、尖厚不同的声调。只要柳笛声响起，柳树周围便有上了岁数的人凑过来。是看顽皮的我们，还是在寻找自己已经逝去的童年？反正，他们要么拿着小马扎，要么随便找个地方，静静地看着我们玩柳笛时天真无邪的姿态，听着我们吹柳笛的声音。

　　"几处早莺争暖树，谁家新燕啄春泥。"或许就是这依依杨柳，惹得燕儿穿梭其间，构成了一幅美轮美奂的中国画。若是没有那些燕儿，柳丝也便少了些灵气。到底是杨柳招来了燕儿，还是燕儿催绿了杨柳，就这样两厢相惜地融在了这春日里。

　　田野里悄悄泛绿的野菜，春光轻拂的万缕丝缘，万般柔情沐浴着蓝天阳光。邀三五个好友在春风里行走，走着走着，柳叶就长大了，柳树就长高了，我们和柳树一起，就走到了春天深处。这风，是杨柳筛滤过的风，似乎更清爽；这雨，是杏花浸湿过的

雨，似乎更纯净。"天街小雨润如酥，草色遥看近却无。"这是生命的色彩啊！你一定会惊叹生命的可贵与神奇，你一定会礼赞生命，你也一定会因此而热泪盈眶！

悠然徜徉在这样的春色里，该是何等惬意啊！倘若在快节奏的现代生活里，偶尔停下匆忙的脚步，多一份赏柳闻花的闲情逸致，就会平添些许淡雅，让平淡的日子也过出诗意来，忍不住吟出郑板桥故居的一副题联："春风放胆来梳柳，夜雨瞒人去润花。"

第二辑

风的来信

秋染五指塬

一条原本整体、平坦、广阔的黄土大原，因洪水长久冲刷侵蚀，被西、南、中、东四面数十里的沟壑切割成五条原面，即平凉草峰原、镇原原峰、中原、湫池和梨岭原（即秦铺塬），犹如人的右手五指，自西向东依次展开，故称"五指塬"。平泉镇位于掌心、草峰原居首为拇指、原峰为食指、中原为中指、湫池为无名指、秦铺则为小拇指。

秋天像个心灵手巧的画师，给五指原的每个地方都涂抹上鲜艳的颜色。这些颜色混合在一起，配以黄土高原这个天然底色，再嵌入乐呵呵的老农，一幅色彩斑斓的迷人画卷就呈现在眼前。

秋风拿着心爱的鞭子，一边追赶原上最后一丝热气，一边抚摸着原面上的庄稼。田野里，成片成片的玉米、糜子、谷子、高粱、向日葵等作物，夹杂着其中的一块块万寿菊，一跃成为大地的主宰，在瓦蓝的天空下，红得热烈、黄得耀眼，仿佛要将整个世界都踩在脚下。

秋阳完全缓过心劲，懒洋洋、乏兮兮的不再灼热，稍不留神就躲进云朵里，几天见不到影子。即便这样，玉米、糜子、谷子、高粱还是耐不住性子，在大地上闹腾开了，轻轻一抹就黄了，夏忙之后还没来得及调休的庄稼人又开始忙碌起来，五指原上到处都充满丰收的喜悦。"一场秋雨一场寒，十场秋雨要穿棉。"秋雨也不失时机地来凑热闹，天边只要挂起一抹云翳，便能展开一帘雨幕。这雨啊，细如发丝，轻如鹅毛；淅淅沥沥，甘甜酥润；落在眉宇，清凉宜人；粘在发际，犹如蛛网；汇聚成塘，绿亮清澈。

一

当广袤的原野上传来一阵"嘎嘎"的尖叫声时，大雁在空中收拾行囊，聚拢队伍，督促着有松懈心理的农人们："收秋"是这个季节最重要的农事。五指原上的人习惯把秋收叫作"收秋"，收割的其实是玉米、糜子、谷子、荏、豆子等秋天的农作物。看，一株株玉米像士兵等待检阅一样，整齐地排列着，显得威严肃穆、英气逼人。玉米们仗着高高的个头，俯览着整个金秋的田野，一遍又一遍地催问列队的大雁何时启程。在秋风的拂动和秋阳的照顾下，玉米渐渐褪去一身绿色的戎装，换成与季节相符的金黄色。也许它们觉得这样才便于隐藏，不料腰间饱满的玉米棒子暴露了心事。亮灿灿的玉米争相挤出玉米外皮，冲破玉米缨子的束缚，迸出一道道金黄色的光芒，以此来吸引庄稼人的眼球。

秋天的夜晚给玉米涂抹了一层细细的露水，白天与秋阳抗争的玉米秆和叶子此时温顺多了。深谙农事的庄稼人白天在玉米地里没看够，夜晚踩着皎洁的月光，继续围着玉米地走了一圈又一圈，不时在地头上喊几声，弯腰拾起一两个土块扔进玉米地里，惊动了几只夜晚偷吃玉米的田鼠和獾，它们立即四散逃跑，只听见玉米地里传来一阵阵"沙沙"的响声。

习惯早起的庄稼人起床后，快速安顿好家里的鸡狗猪鸡羊，三三两两地开着电动车、农用三轮车，肩上背着背篓、手里提着笼，到地里开始掰玉米。那些成熟了的玉米棒子倔强地昂着头，人们背着背篓穿行在玉米地里，一只手握住玉米秆，另一只手抓住玉米棒子中间，往下使劲一掰，只听得"咔嚓"一声，玉米棒子便脱离了玉米秆，掰玉米的人顺势把带着外皮的玉米棒子扔进脑后的背篓里。这掰玉米的声音，把不远处栖息在玉米秆上的鸟雀吓了一大跳，它们赶紧拍打着翅膀迅速逃走，远远地在空中盘旋着。此时的玉米地里响声大作，熟睡的野兔、田鼠、野鸡仓皇起身，慌不择路地撞击着玉米秆，哗啦啦好一阵响动。庄稼人早已习惯了这样的声音，越发加快了手上的功夫，趁着日上三竿，多掰一点是一点。

随着光膀子的庄稼汉往手心里吐口唾沫，飞快地舞动锋利的镰刀，昨天还直挺的玉米秆一行行地匍匐在地里，整齐地排列着。干活累了的男人刚坐下来休息，地头上响起了中年妇女的吆喝声："哎，我说娃他爸，还不赶紧的，大坳里二亩谷子快让雀雀霍霍光了！"男人回头瞪了一眼女人："老天爷只要成哈了，还怕那几个雀雀！"田间小路上不时响起电动车、农用三轮车的声音，那些被掰下来运回家的玉米棒子堆满了整个农家小院。庄稼人利用饭前或干其他农活的间隙，见缝插针地干脆一屁股坐在玉米堆上，剥去发黄的玉米外皮，玉米棒子堆成一座座金黄色的小山。几个剥玉米的人手里忙活着，嘴上不停地讨论着今年的糜子、玉米、荏、谷子收成，盘算着被收割一空的地里，明年倒地荏又该种点什么。

糜子地头，庄稼汉高兴得弯下腰来，两手分开随秋风翩翩起舞的糜子穗，用手轻轻捻开一颗，看了看饱满程度和成熟情况，心里估算着收成，又拿到嘴边嗅了嗅早已弥漫开来的香味。转身碰见邻居搭讪："你这块地的收成不错啊！"庄稼汉连忙回应："嗯，还行，还行！"另一块谷子地，人们忙着用剪刀把一个个谷穗剪割下来，装在背斗里、笼里或者蛇皮袋里，装满了赶紧拿到地头，倒在农用车上，又一路小跑着往地中间奔去。

二

"白露到，竹竿摇，小小核桃满地跑。"咧开了嘴蹲在树上打盹的青皮核桃，永远是人们的最爱。随便摇晃一下树干，核桃们就会从睡梦中惊醒，"哗啦啦"砸向地面，犹如下冰雹一般。拿着长竹竿的妇女带着孩子，打核桃时不忘叮嘱低头捡拾的孩子几句："娃，看着点，别让核桃跌下来打了头！"然后两手举着长长的竹竿，踮起脚尖，伸长胳膊在树梢上找寻着每一颗核桃的踪迹，唯恐不小心落下一颗，被悄悄躲在暗处窥视的松鼠、老鼠、鸟儿抢去。那些打下来的核桃，一接触地面就皮核分离，随便拿起两颗，捏在手里相互挤一下，只听"咔"的一声，坚硬的核桃外壳瞬间就裂开了。用手剥掉白里透黄的薄皮，把泛着油光的白核桃仁丢进嘴里慢慢嚼咽，一股油腻腻、脆生生的味道让人赞不绝口。

民谚曰："一天吃三枣，一生不显老。"红彤彤的大枣在绿叶的衬托下，红里透亮、光鲜饱满、亮丽动人，极像黄土高原上少女的脸庞。它们在不经意间就"啪啪"掉落，在一旁打枣的母亲"擦净再吃"的字眼还没说出口，馋嘴的孩子捡起一颗就往嘴里送。枣被五指塬上的人视为喜庆的吉祥物，因为它象征着红红火火、幸福美满。新郎新娘结婚时，枕头里装红枣、花生、桂圆、莲子，寓意"早生贵子"。红枣所带来的喜气，一家人独享不行，还得让其他人也沾沾这喜气。因此，在塬上的村子里，这家打枣，周围好几家邻居都会跟着沾光尝鲜，东家半瓢、西家一碗。虽然现在见到的枣已经很多了，而且随处都能买到，有鲜枣、干枣、枣制品；红枣、灰枣、紫枣、黑枣；切片的枣、去核的枣、免洗的枣；生吃的枣、泡茶的枣等，但塬上人打枣分枣的习惯从来没有改变过，即便是生活在城里的人，也利用周末的时光回到村里打枣。

还有，挂满枝头的红苹果，看着就让人流口水；足足有半斤重的脆梨，一口咬下去，水汁乱溅，衣襟上、脸蛋上皆是喷溅的鲜汁……

三

镇原籍女诗人刘玲娥在《秋天的最后一个下午》里写道："妈妈把最后一颗土豆挖了出来 / 她整整用了一个下午 / 最后坐在一堆藤蔓上 / 嘴里念叨：一下老了，一点力气都没了，成个废人了 / 傍晚的阳光懒散，已经没有足够热能捂住这块庄稼地 / 晚风吹来，撩起妈妈蓬乱的白发 / 她像一堆藤蔓中枯萎的那一根 / 我依着她疲惫的身体坐下来 / 像成堆土豆中的一颗重新结回那一根藤蔓上。"

这时，家家户户门前的菜园子里不光有诗人笔端睡在藤蔓下、埋藏在小土堆里的土豆，还有让人眼花缭乱，在枝杈上荡秋千，穿着红袍子的辣椒；嫩生生、丰满富态、抱团而立的大白菜；笑盈盈、红火火、满身赘肉的西红柿；紫红相间、肥嫩肥嫩，棒槌般的茄子；婆婆妈妈、曲曲折折，纠缠着其他茎秆向上攀爬的豆角……它们竞相展露身姿，只待主人尽快将它们领回家去。

秋色无边，原面上到处都硕果累累。儿时的我，对这时的五指原更加充满了爱恋。因为我们会遍地寻宝，不管是挂在树上的苹果、梨、葡萄、杜梨果，长在地里的毛豆、玉米、糜子，躲在菜园里的西红柿、辣椒、茄子，还是埋在土里的土豆、红薯和长在山沟里的野葡萄、野核桃、野山桃等，都会成为我们口中的美食。秋高气爽的午后，约上几个小伙伴，迅速地分好工，商量好集合时间，一块儿去沟脑脑垒好"锅锅灶"，烧土豆、烤玉米、煮毛豆。所谓"锅锅灶"，指几十年前在我国北方的农村地区，小孩子们就地取材，临时垒起的一种烧土豆、烧苞米、烧毛豆的土灶，乡下人俗称"锅锅灶"，有些地方也称烧窑子、捂窑子、焖窑子、敲土窑等。烧土豆最好吃，虽然它的样子不怎么好看，皮儿有些焦黄，甚至黑乎乎的，但皮焦里酥。用手轻轻一捏，软绵绵的，犹如熟透了的柿子。掰开，露出又白又沙又绵的瓤来，一股热气腾腾的土豆香气夹杂着草木灰的味道扑鼻而来。这时，大家顾不上烫嘴，迫不及待地连瓤带皮儿咬上一口，软软糯糯，唇齿生香；虽然伴随着淡淡的焦煳味和草木灰味儿，但却没人在意，大家都津津有味地吃了起来，末了，还不忘舔舔手指，生怕浪费一丝美味儿。有时，烧土豆实在太烫，大家会用两只手来回倒换，有的人干脆撩起衣襟兜着。

那时候，大家最爱抢着吃皮被烧焦的土豆。因为，原上的人有这样的说法：吃了烧焦的土豆皮就能捡到钱。于是，为了能吃到这焦土豆皮，大家有时会争得不可开交，甚至发生小小的矛盾。这时，大一点的伙伴就会主动站出来化解矛盾，然后将黑如锅底的土豆皮每人一份分着吃，让大家都能吃出快乐。到最后，大家的手上、脸上、袖子上、衣襟上，到处是烧土豆的痕迹，然后你看看我，我看看你，都开心地笑了起来。吃完之后，大家还会高高兴兴地坐在沟脑脑里，对着远处的崖壁"哦……哦……"地喊"崖娃娃"。你一声，我一声，他一声……"崖娃娃"的回声响彻整个山沟。

四

无边落木萧萧下，对季节敏感的树木让五指原更加充满了古色古香、峰峦环拱、生态优美的韵味。即使是一个陌生人，走近这样一片土地，他的灵魂和血液、视角和听觉、思维和情趣、心境和胸怀，似乎都会浸染一层土黄的色晕，会不由自主地沉思起来、凝重起来、豁达起来、敞亮起来，一种来自岁月深处的文化底蕴和内心的活动力量，让人情不自禁地对着它们发出那么一两声低沉的呐喊，以表达对这里的敬仰和热爱之情……

当你靠近塬上每一个村子的时候，如果仔细聆听，那些久违了的乡音和似懂非懂的方言会激发人的另一根神经，整个身心都会纳入原上这些乡镇的范畴；作为这里的一分子，抑或是这里的一个物体，譬如古树上的一条毛根、一截枯枝，即便这些物体再怎么古朴苍老，却都早已融入这片土地，成为这里的一部分。

著名新闻理论家、散文家、科普作家和政论家梁衡，跋山涉水寻访古树后写了一部散文集《树梢上的中国》，在宣传现场，他说："一棵古树，就是一部绿色的史书！"多么掷地有声的话语！不管是位于平泉镇南徐村关道组的柳抱槐、湫池村大庄自然村观音菩萨庙前的古柏，还是中原乡原峰村的风景圣地之一——圣母宫旁的柳抱槐，或是新城镇、闫寨村的百年沙柳等，不管它们植于何时，我想：那都是人们对大自然的爱护，都昭示了树的生长，其实始终与人类的起居生活休戚相关。我们的先辈很早就知道敬重树木、爱护树木、包容树木，甚至视古树犹如神灵一般。

也许，在别人看来，那些不起眼的古树只不过是一截笨拙的有些年头的终究还会腐烂的木头而已。但在我眼里，一棵古树，就是一处绝佳的风景；一棵古树，就是一种心灵的震撼；一棵古树，就是一次精神的远旅。因为，它们活成了五指原上不老的神话，它们将自己憨厚、朴实、顽强的精神和血脉，传承给了五指原的一代又一代子孙。

看了古树，你或许还会觉得意犹未尽，还想搜寻这片大地的古老印痕。杜寨白草湾、原峰潘涧更新世晚期化石点，八山黑土梁、上刘沟口旧石器时代遗址，阴坡沟、高家山、史望台、东庄、西洼等新石器时代遗址，王山疙瘩、王储、麻王、秦庄、马旋窝等古墓群，安武、原峰、武亭、新城、曹城等古城城址，金斗关、对面岭、庙底、姜白、上涝池、疙瘩洼等烽火台，虎泉头、南李、阴坡、大王、堡子山等众多用于自卫和防御的堡子、

地窖子，姚川洪河北岸贺槐庄古墓碑、阴坡文庙、天恩寺、五指亭、吴家沟水库，还有原峰山、青峰山、卧云山、玄凤山，处于平凉与新城交界地带，有美丽传说的潘杨涧……都会满足你的好奇。

五

金秋的五指塬，我也许并没有进入它的记忆，但它却早已走入我的记忆。面对着蓝天、白云、黄叶、翠烟、芳草、斜阳，好一幅辽阔苍茫的秋景，让人禁不住吟出范仲淹《苏幕遮·怀旧》中的几句："碧云天，黄叶地，秋色连波，波上寒烟翠。"也许，过不了多少时日，那些经霜的柿子、红艳的枫叶会肆意涂抹着鲜亮红火的色彩，像一盏盏红灯笼，照亮五指塬的天空，抒写着流淌的诗意情怀，让人觉得别有一番滋味和深沉悠长的意蕴在心头。

漫话立夏

立夏，是农历二十四节气当中的第七个节气，与立春、立秋、立冬一样，都是明确表示季节转换的节气。在天文学上，立夏又是夏季的第一个节气，预示着春在感叹缅怀中默然褪下浓妆淡抹的俏丽容颜，要静悄悄地离开暂时不再属于它的舞台。夏天如翩翩绅士，带着炎热的轻盈步伐，从春天疏淡的影子里、从春曲未尽的余音里悠然地来了，这也意味着春去夏来，万物生长更加茂盛。

虽然这时气温在升高，寒冷似乎已退到记忆深处。但人们仍能感觉到，大自然依旧是一幅百花争艳、柳絮飘飞、姹紫嫣红的春色景致。《莲生八戏》中写道："孟夏之日，天地始交，万物并秀。"《月令七十二候集解》中说："立，建始也；夏，假也，物至此时皆假大也。"假，古意即是大。也就是说，立夏这个节气一旦到来，万物繁茂，农作物们都要铆足劲儿旺盛地生长了。

《礼记·月令》篇，解释立夏曰："蝼蝈鸣，蚯蚓出，王瓜生，苦菜秀。"随着气温渐热，农事也繁忙起来，北方的大地上散发出特有的泥土混着嫩草的气味，蚯蚓活跃起来了，开始发出"窸窸窣窣"拱土的声音，冬小麦扬花灌浆，油菜花收起无遮拦的黄花开始结籽，玉米出苗后拔节生长；勤劳的农人们要种植瓜果和豆类作物，还要及时到田里除草、采桑喂蚕、孵小鸡。在南方，雨水明显增多，池塘里的水一般都会涨满，大地上景色迷人，山清水秀，郁郁葱葱，蜿蜒连绵成一条墨绿的绸缎。辛劳的人们要购买种子，犁田下秧。有些地方还有"立夏尝新""立夏秤人""吃立夏饭""吃立夏蛋"等风俗传统，尝的时鲜为青梅、樱桃、鲜蚕豆等，称一称人的体重，吃点掺杂嫩蚕豆、豌豆和鲜笋、咸肉的糯米饭，吃上一两个用红茶或胡桃壳煮的鸡蛋。以这样的方式，让人们的"精气神"不受亏损，安稳地度过整个炎热的夏天。

"立夏不下雨，犁耙高挂起。""立夏麦咧嘴，不能缺了水。"立夏这几天，农人们都盼望最好下点雨，这样才能保证一年风调雨顺，五谷丰登。倘若立夏这几天没有雨水，那么就预示着这一年都会干旱少雨，庄稼也会欠了收成。

这时的乡村更加显得秀丽丰润、温文尔雅、暗香浮动，像一幅自然和谐的田园风景画，像一首美妙、婉转、动听的歌谣，让人禁不住怦然心动……立夏虽说是季节的一个片段，但农谚里常说"立夏看夏"，说明立夏之时，夏收基本已定。万物经过春天的稚嫩，长成了阴阴夏木，热烈生长的作物中蕴含着农人秋收的希望。

"梧桐莺语透春闱，鸢尾花开春已非。无可奈何春去也，且将樱笋饯春归。"春意盎然的身影已渐行渐远，让人忍不住在清晨的风里问一句："是谁把春天赶走了呀？"大地万物的回答远远地从风中传了过来："还能有谁呀！肯定是立夏喽！"

记忆中的匠人

记忆中，村子里总有那么一些人，除了在黄土地上早出晚归耕作农桑之外，还以其精湛的技艺和灵巧的双手，付诸心血和汗水，为社会创造了更多财富，同时不断改变着个人的生活条件，他们或一凿一斧、或一砖一瓦、或一针一线地雕琢着理想的人生，被人们统称为"匠人"。改革开放后特别是近年来，农村面貌翻天覆地，农村经济生活欣欣向荣，匠人们也在这历史的大潮中载沉载浮，木匠、土匠、石匠、铁匠等逐渐淡出历史舞台，永远成了时代的印记。

木匠

木匠在过去的农村很吃香，大到耕种用的犁耧、拉货用的架子车、做饭用的风箱，小到碾场用的木锨、推耙，以及各种把杖、升、斗及方桌、包桌、三斗桌、两斗桌、门窗等等，哪一样不是出自木匠之手。听村里老人说，木匠还有圆木匠、方木匠、犁木匠之分，对于各自的区别，方圆百里能说清楚的已没有几个人了。单从字面意义上去理解，圆木匠专做木桶之类的圆形物件、方木匠是专做桌子板凳等方形物件、犁木匠是做犁铧等农具的。村里人修房子，最先请的就是木匠，等木匠套好门窗、砍好大梁、檩条、椽子，预备好建房的木料后，建房工程才能正式动工。房子建成后，还得由木工做几件像样的家具，大立柜、五斗橱、写字台等都是最时兴的。

土匠

"远来君子到此庄，莫笑土窑无厦房。虽然不是神仙地，可爱冬暖夏又凉。"这是一首赞美陇东窑洞民居的诗句。这些被喻为"陇东奇观"的独特窑洞民居，《诗经》里称"陶复穴"，皆出自土匠之手。过去，一位农民辛勤劳作一生，最基本的愿望就是打几孔窑洞，有一个体面的庄子，有窑娶妻才算正式成家立业，男人在黄土地上刨挖，女人则在土窑里操持家务、生儿育女。过去住的庄子，不管是地坑庄还是明庄，都要削出一定斜度的平面，俗称"刮面子"。挖窑洞时，为了省工省力，多在塬边、沟边及靠山崖挖建；为了坚固耐用，要理出前高后低、上拱下直的开关，俗称"揎窑"，还有后期的墙面抹平、砌墙等，这些技术活都要请当地知名的土匠来完成。

石匠

"打石又打铁，一天是天二"，石匠这种匠人很苦，白天在山上采石，傍晚收工回家后，还要锻打采石的铁件工具，很累很苦。过去，人们磨面用的石磨、碾米用的石碾、碾场用的碌碡、夯地基用的石夯、喂牲口用的石槽等都要请石匠来做，他们用锤子、钎子一点一点地雕琢，才能把巨大的石坯做成规范的用品，派上用场。据说石匠也有粗匠和细匠之分，粗匠是把山上的石头裁切成大小长短不一的原料石，细匠一般是在山下，或磨，或雕。拿石磨子来说，过去在农村它是一个非常重要的生活用具，一日三餐所用的面粉，全都仰仗它一圈圈地磨出，时间长了，磨齿被磨平就用老了，要请石匠加工修理，俗称"锻磨子"。后来，空压机、冲击机、切割机、火割机等先进的采石机器代替了粗匠，细匠现在也不多见了。

铁匠

俗话说世上有三苦：撑船、打铁、磨豆腐。村里唯一的一户赵姓人家，开了一个铁匠铺，村里人犁地用的犁铧，给牲口铡草用的铡刀，起场用的铁叉，种地用的锄头、镢头，挑水用的水担钩等，都来自这家铁匠铺。打铁既是一件体力活也是一件技术活。小时候，经常跟着父亲去修补家里那弯老犁，对铁匠铺特别熟悉。白雪皑皑的冬天，我们一帮小孩子总爱凑到不足30平方米的铁匠铺，围在煅烧铁坯的火炉旁，看着赵铁匠用手拉的大风箱掌控火候，然后和小儿子光着膀子，一个使小锤，一个抡大锤，把一块烧红的铁块砸得火星四溅，每月收入将近30元，在当时已经相当不错了。

民以食为天。匠人们之所以走上求艺的道路，除了个人爱

好、社会需要外，最重要的还是生活所迫。毕竟，无论在村内做活，还是外出闯荡，不仅可以挣到工钱，还可以混个饱肚子，所以，相对于单纯靠种地吃饭的家庭来说，有手艺人的家庭，生活一般都能解决温饱。正所谓"一艺在手，天下我有"。

铸铧匠

　　"一所老厂房，一部老机器，一张老图纸，一个老商标，都诉说着发展的轨迹，是那一时期先进生产力和先进文化的丰富积淀。它浓缩着农耕文明向工业文明转型跃升的发展历史。"这是前进机械制造有限公司展览馆里的一幅标语，在这里，我看到了很多见证着时代发展的老物件。

　　来到冶铸坊铸造的锈迹斑斑的犁铧前，我的记忆犹如潮水般涌动着……

　　二十世纪七八十年代，牲畜和农具可以说是农民的命根子，没了这两样东西，精耕细作就无从谈起。小时候，村子里经常会来一些铸造、修犁铧的手艺人，他们有的三五个一块儿挑着担子，有的拉着架子车，拿着所有家伙事，每到一个村子，便扯开嗓子吆喝着："铸铧哩、倒铧哩、接铧哩、修犁哩……"他们中有些是本地人，有些却是流落到本地的外乡人，大家都称他们为"铸铧匠""倒铧匠"，有的则喜欢直接叫"铧匠"。

　　犁是中国传统农具中最具代表性的生产工具。据史料记载，犁大约出现在商朝，最早见于甲骨文所记。犁耕技术的发展进步与生产力的进步和社会制度的更迭等有着非常密切的关系。铁犁铧最早出现在战国时期，距今已近三千年历史。铧有一个长长的尖，就像伸出的一只粗大的手指头，使犁入田地更加锋利，也正是因为铧尖细而长，入土后遇到树根、瓦片、石头等，或者土块太坚硬就容易折断，有时候一年下来，断了尖的犁铧能有好几个，卖废铁不值几个钱，买新的又太贵不划算，因而很早就催生了一个行业——铸铧。

铸铧的人称为铸铧匠。铸铧匠的工作是用模子铸铧或接旧铧口，整个制作过程统称为"铸铧"。铸铧的原材料是坏的或旧的铧口、铁锅、锄头等铁器，这些大多是从农村收购来的。除此之外，熔化废铁块还要用煤炭。用具包括模子、炉子和风箱，另外还有坩埚、舀子、火钳、木棒等等。铸铧大多选在农闲时节，乡亲们称立冬至来年春耕这段时间为农闲时节，那时农活少，人们有大量的空闲时间。铸铧、接铧用的模子要到打石厂定做。石匠用钢钎把大石块剖成方形，再用錾子打制成粗糙的模型，然后由铸铧匠抬回家，再用砂纸细细打磨。模子分上下两部分，中间凹进去一尖铧口的形状。模子做好后，放在特制的木架上，铧尖朝下，尾部朝上。

铸铧匠所采用的技艺是一种原始而古老的铸造方法，称之为砂铸、翻砂，主要通过高温将金属熔化成液态，倒入砂型模子内，待液态金属冷却凝固而制成不同形状的器具。铸铧、接铧时，要经过制烧火、定型、冷却、整修等几道工序，而且每道工序都要严格把关，这样才能铸造、拼接出光滑、结实的犁铧。

第一步是烧火，把煤炭倒进炉子里点燃，反复推拉风箱，加强火力。当火苗蹿起来，炉内温度升高，就将废铁打成碎片，碎片要小到能放进坩埚，再用钳子夹着坩埚放进炉子里，不断加碳、鼓风，碎铁片就慢慢熔化成铁水了。

第二步是定型。用火钳夹起坩埚，视旧犁铧的损坏程度，将适量铁水倒进模子，然后把旧犁铧固定在模子中间凹进去的尖铧口位置，使铁水和旧犁铧尖融为一体。烧一坩埚铁水能接两三个铧口，这还要视旧犁铧的损毁程度而言，缺口大当然用的铁水就多。如果要铸一只新犁铧，一坩埚铁水只能铸造一个。废铁融化后称为生水，熔化时要掌握好火候，时间短了未熔好，铧口易脆断，时间长了，又浪费燃料。多少煤碳化多少铁水，铧匠们虽没有一个精确的数字比例，但凭着丰富的经验，完全能做到恰到好处。

第三步是冷却。等模子里的铁水和旧犁铧完全融为一体后，打开模具，取出犁铧放到灰渣中冷却，有些匠人还会用火钳夹起犁铧放到水中冷却，只听"吱"的一阵声响，那犁铧已从旁边的水盆里蘸过水了，提起来，还带着一股蒸气。

第四步是整修。经过以上三步，铸出来的铧尖主体有了，但往往会有些毛边，不齐整。这时，铧匠就会利用手头的锉、钳等工具适当地修一修。这些修理毛边的细碎铁片，铧匠是舍不得扔的，往往又会成为下一坩埚铁水的原料。最后一道工序完成之后，铧匠就会把整个犁铧放到一旁，并叮嘱主人看好，及时拿走。

近些年，随着农业机械化程度越来越高，传统意义上的人畜耕作模式逐渐被犁田机、旋耕机等农业机械取代，传统木铧农具逐渐退出了农业生产领域，铸铧匠慢慢失业了，淡出了历史舞台，成了岁月深处的一抹记忆。

毡匠爷

俗话说"做官的，打铁的，不如蹬两脚的（指毡匠）"。过年回家，我又见到了村子里的"毡匠爷"，他已经八十多岁了，身板还算硬朗。"毡匠爷"本名叫王能能，只是他的毡匠活做工精细，人们才这样称呼他。

我的家乡在陇东黄土高原上。记忆中见到最多的是"毡匠爷"肩挑一副筐，里面装满家伙事，徒弟后背斜挎着一张大木弓外出揽活时的情景。他一年四季在外都有活做，就连家里的几亩地都是乡亲们帮衬着耕种收碾的，村子里很少见到他的身影。

过去，人们普遍生活条件差，住窑洞睡土炕，毛毡都是奢侈品。冬天为了取暖，在土炕下面用柴火、蒿草等加热后，煨些麦衣、树叶、锯末、牛粪等，炕能一直热到天亮，而且散发的热量使整个窑洞都不会太冷。生活条件差点的人家，炕上铺的一般只有一张芦苇席子，稍微好点的家庭就会在席子上铺一面毛毡，舒适惬意多了。毛毡的制作就需要像"毡匠爷"这样的人来完成。

做毡匠活可是一件苦差事。整天在毛堆里干活，只要走动，身上粘的毛往往会像柳絮一样乱飞，就连吃饭时，手上嘴上都粘着毛。干活的时间大多在冬季农闲的日子，而且只有条件好点的人家才会请毡匠来做活。大冷天的晚上，要经过弹毛、铺毛、喷油、加黑豆面、洗毡、定型等多道工序。筛选弹毛，要选好羊毛，提取杂质，把羊毛里的皮头挑出来，把没晾干的烘干、梳理。弹毛时，毡匠拿着一张牛筋做弦、桑木制成、七尺左右的羊毛弓，光着膀子，胳膊上套一个八九寸长的枣木拨子，左右开弓、上下翻飞，"嘣噔嘣噔"一夜弹奏，粘连在一起的羊毛便会分开，一根一根的成松散的絮状。这是个力气活，更是个技术活，力气弱小的人是绝对弹拨不动的，这时毡匠流的汗水最多、最辛苦。铺毛，毡匠要把如纸一样薄的羊毛层层叠叠铺匀，这种活的技巧成分大，一般由师傅来完成，学徒是做不来的。喷植物油后，羊毛、牛毛就会紧紧地粘连在一起。洗毡时，毡匠会在白天将弹好的羊毛按要求的规格铺在竹制的帘子上，卷起裤腿，光着双脚，在寒风中一遍遍揉蹬，一遍遍泼水清洗，往往要洗数十遍。捣毡，经过反复压缩、清洗、捶打后，半天工夫才能定型成一面方方正正、漂亮结实的毛毡，再处理毛毡密度和不均匀的地方。最后是晾干或烘干定型，毡会由大变小、由薄变厚。这些毛毡的最后用途，或铺在炕上，或做成防水保暖的毡袄、毡靴等。

擀毡一般至少需要两人协作才能完成。所以，"毡匠爷"通常都带着徒弟外出，他们沿着弯弯曲曲的山路奔赴周边的村子去寻找活计，去寻找希冀。这个行当，"毡匠爷"一干就是几十年，为人们做了多少活计，连"毡匠爷"自己都记不清楚了，但说起毡匠的祖训，"毡匠爷"却能侃侃道来："不许缺斤短两，不许以次充好，不许减少工序……"

记得有一年，母亲从外婆家带回几袋羊毛，便请来"毡匠爷"为家里做毡，我目睹了做毡的过程，至今都为他那精湛的技艺和灵巧的双手所叹服。

现如今，品种繁多，令人眼花缭乱的床上用品已经占据了床头的各个角落，毛毡失去了往日的尊贵，毡匠也退出了历史舞台，渐渐从人们的视野中消失了，成了岁月里的一抹记忆和一个时代的缩影。

骟匠"马一刀"

过去在农村，人们经常要对家畜的幼崽进行阉割，以求增膘快和犁地老实，干此类营生的手艺人被称为"骟匠"。骟匠的手艺有"劁"和"骟"两种，劁是对母性家畜的绝育，骟是针对公性家畜的阉割。由于人们要把大部分母性家畜留下繁殖，而把公性家畜充当干农活的劳力或养肥吃肉，所以骟多而劁少。

我小时候生活的马家沟村，村上唯一一位马姓人就是个骟匠。他活做得干净漂亮，手艺好，收费公道，在方圆十几里小有名气，人送绰号"马一刀"。

记忆中，"马一刀"经常骑着自行车走村串户，他腰里斜挎一个帆布工具袋，内装着干活的家什：小圆肚刀、钩子、粗缝衣针、线、碘酒瓶等。他那辆自行车半旧不新，车头上绑着一根30—40厘米长的细木棍，用红布条缠裹起来，这些红布是个别大方的主家为图个吉利并以示感谢而赠送的。有些红布条已经旧得发白，他也舍不得换，大概是为了证明自己从事这行当时间久、手艺好吧。

有的骟匠到一个村子会推着自行车，边走边摇车铃，嘴里还吆喝着"骟狗娃牛娃，骟羊羔骟牲口哩！"但"马一刀"不一样，他有自己专门的吆喝工具——小铜锣。进了村口，他"铛、铛、铛"使劲敲几下，人们一听就知道"马一刀"来了。

在村子里，如果哪户人家请"马一刀"做骟匠活，我们一群小孩子都想围着观看。这时"马一刀"通常都会板着脸，举着明晃晃的骟匠刀，大声呵斥："小孩子家家，瞅个啥？再瞅收你做徒弟！"我们便大笑着一哄而散了。"马一刀"会骟牛、驴、马等大牲畜，这些大牲畜在接受阉割时多半会踢人咬人，大人怕我们受到伤害，是绝不会让我们靠近的。

下刀、缝合这一套看似简单的动作，凝聚着一个骟匠所有的技艺和智慧。如果有哪一个环节没做好，轻则不容易长膘，重则出现牲畜死亡的事故。

现如今，随着时代的发展，像"马一刀"这样的骟匠渐渐淡出了人们的视野，这个行当也慢慢消失了。

打土墙

对生活在黄土高原上的人来说，黄土不仅是养育人们的沃土，过去也曾经是农村最重要的建筑材料。人们修一处像样的院落，首先就要打地基、打土墙，然后在土墙上用"土基子"一层一层地往上砌，"土基子"就是一种用特制的模具打制而成的像砖一样的土块状砌墙材料，需要多高墙就砌多高。打土墙可谓是农民一项特别重要的活计。

在农村，人们根据打土墙所用的工具不同，把土墙分为板墙和椽墙。我所见到的最多的土墙都是椽墙，这种墙是用六根或八根木椽轮番翻板而打成。打土墙的基本工具有：四根碗口粗的圆木夹杆，六根或八根粗细一样的松木或其他纹理细密的木椽，两三个丁字把铁锤子，两三把木榔头，若干条长短不一的粗细绳，若干大小不一的木楔，几把铁锹，梯子。准备好这些东西后，先检查土质的黏度：伸手抓起一把土捏成团，不干不湿、不粘手易成团，向上抛起，落下时泥土自然散碎不结块，说明这个黏度刚好合适。如果泥土太干捏不成团，或虽勉强捏成团，但伸开手指时又散碎了，就说明黏度不够，要适当浇水；如果捏成团过两三分钟表面微微渗水，则说明土质太湿黏度过大，经锤子夯筑时打不成土墙反而易成泥，要适当晾晒才行。

小时候，我们村里活跃着几个上了年纪的打土墙的老把式，他们技术好会指挥。村里其他人就只能听他们分工和领导了，不管是站到墙头上提铁锤子的、填土方的，还是翻椽子的、捆绑绳子的，大家干活都很卖力，没有一个偷懒的。土墙打成后，质量好不好，实在不实在，最好的检查方法是时间和雨水。但现场却有另一套验证方法，那就是用眼睛观察和拿标尺量：一看墙体是否倾斜；二看墙体两侧像搓板一样的椽印是否均匀，棱角是否分明；三看墙与墙的接茬处是否切合。

虽然黄土高原上干旱少雨，但土墙一般都不会太高。因为生活在这里的人都憨厚老实，打墙时占他三尺让他三尺，争议都不大，土墙只不过是一堵与邻人为界的记号而已。打土墙至少需要四五个人配合，多者可达数十人。在老把式的统一领导下，众人分工协作，说说笑笑，一堵墙很快就打成了。打土墙前还得先打好地基，根据土墙的厚度，量好距离，拉两根很直的线绳作参照，再挖坑栽四根碗口粗的圆木作夹杆，从第一堵墙开始，将两根椽分别置于两个夹杆之间，用粗绳连接起来绞牢，椽与夹杆之间空隙太大的话还要用木楔固定，然后往成形的四方槽内填满土，三四个打墙的人跳进去用八字脚慢慢挪步使劲踩踏，踩踏完了每人拿起一把铁锤子往实里夯，一锤子夯一个窝，一窝挨着一窝，横排四个，差不多就是墙的宽度，铁锤子遗漏的犄角旮旯用木榔头捶打。第一层填土作业完毕，再放两根椽上去，直到把六根或八根椽用完。接下来把最下层的两根椽翻到最上层，用绳子、木楔绑缚固定成槽，继续填土夯实。如此反复翻椽，直筑到主人所需要的高度为止。最后一步修墙头，修成中间高两边低的斜面，用木榔头夯实，这样便于排水。

现如今，人们的生活条件越来越好，农村人盖房子多用混凝土，院墙也都由原来的土墙变成了砖墙，坚硬耐用不怕雨淋，土墙也就慢慢退出了乡村舞台，打土墙这种技术活也逐渐淡出了人们的视野。

拧 耱

　　耱是农业生产中一种很重要的农具，北方有些地方也叫
"耢""盖""盖擦"，主要由树枝或荆条编成，用来平整翻耕后的
土地，或将凹凸不平的田地整平，或将大土块研磨得更酥碎些，
或把撒到地皮上的种子耱到土壤里面；有时冬春交接降水稀少，
要耱即将返青的麦苗，起到保墒的作用。但凡种地，这种农具必
不可少。农谚曰："耕得细，耱得光，既抗旱，又保墒"。《齐民
要术》中有"耕而不耢，不如做暴"的记载。《王祯农书》中更
指出："凡已耕耙欲受种之地，非耢不可"。西汉的文献中也提到
了耱，由此可见，这种农具至少在两千多年前的黄河流域就已经
在使用了。

　　耱的规格大概有三种：大号、中号和小号。最常见的是中号
耱，长约一米五到两米，宽约半米，横竖由三根稍比现在的方木
薄点的木头铆在一起组成框架，一般选用有韧性的木头，如梨
木、榆木、枣木、槐木、野酸枣木等，再在铆好的主框架里纵向
编荆条或有韧性的树枝。耱中间的一根短木较两端稍长一点，用

铁丝拴一个小环，或用手提出头的短木，或将铁锹、镢头等农具把手塞进环内，挑在肩头，便于拿取。使用的时候，把耱平放在翻耕过的田地上，由两头牲畜并排拉着前进，操作者手扶牲畜缰绳控制着方向，双脚分开站立在靠后位置的两端，双腿用力，一动不动地掌握着平衡；或者直接在耱上面放几块石头、铲几锹土；又或是一个小孩横爬其上，靠耱齿的摩擦力碾碎土块。"手抻双绳把牛赶，两腿分开站上边，胡基疙瘩耱下散，头冒青筋唱乱弹。"这是对操作者生动而形象的描写。

　　拧耱，是黄土高原上一种传统的手工技艺，也是一种非常苦的体力活。虽说头脑聪明的人一两天就学会了，但要想做出耐磨损、使用寿命长的好耱，却不是件容易的事。在材料齐备时，手艺极其熟练的老师傅，拧一面完整的耱大约需要三四十分钟；而学徒则需要两三个小时，甚至更长时间，做成的耱还不如师傅的手劲好。

　　拧耱的主要工具有镰刀、斧头、刀子、锯、大剪刀、木料、条子等，工序一般可概括为选、打、熏、编、整、压。先选材做框架，也叫打耱脊，所用的材料是山上砍来的杂木。选质地比较硬的杂木，锯成宽约 5 厘米的木条，掏上卯，横三根竖三根，做成一个"由"字状的框架。框架做好之后，就要按耱齿，普通的中号耱一面大约有 50 根藤条，正反两面有近 100 个耱齿。耱齿用的材料是从山上砍来的藤条，多是耐贫瘠的荒山野地里生长的野酸枣树枝。选藤条也有技巧，首选那种实心的质地韧性大的，最好是直径在 10 到 20 毫米的韧性较好的藤条，剪去多余的杂枝。因为藤条的质量直接影响耱的使用寿命，同时还要根据粗细进行分类，用来编大小不同的耱。藤条选好后要适当熏烤。趁刚刚砍回来的藤条还有水分，如果水分不够，还要在水里浸泡12个小时以上，然后在碳火炉中熏烤至软，编入框架之中。熏烤藤条不能直接放在火上，这样会造成受热不均，皮焦里生、外软内硬，编的耱不结实，容易折断。有经验的老师傅都会自己动手，制作一个土火炉，分上下两层，上层放置藤条，下层生火，就像烤箱的空间一样，可以让藤条内外均匀受热。还要温火慢慢熏烤，大约熏烤一小时左右，藤条就会变得更加柔软，韧性更强了。将熏烤好的藤条取出，用榔头砸七八下，把藤条中部砸裂，这样拧耱时藤条才不容易折断。砸时力度要轻重适当，砸得太轻藤条扭不过来，太重又容易使藤条开裂过大，不耐磨损，使用寿命减少。砸好后，以"8"字形状交叉编在框架上，遇到不齐整的，还要用刀剪修理一下，让藤条的弯度和其他的一样平整。如果耱齿不够平整，会让土疙瘩碾不碎，影响使用效果。把这些耱齿全部编进框架后，再用锤子把耱齿砸得紧密一些，让藤条尽量靠紧。如果耱齿太松散，用几次就可能会散架。耱齿编好后，要把长短不一的耱齿修整齐平，用专用的大剪刀剪掉多余的部分。最后，按照尺寸用磨得锋利的斧子削出耱"牙"，放置在阴凉平整的地方，上面盖一层木板，木板上再放些石头等重物镇压，使之保持整体上的平整。阴干几天，就可以使用或销售了。

二十世纪九十年代以后，随着时代的进步，人们生活好了，农业机械逐渐普及并代替了人力畜力，拖拉机带着旋耕机连耕带耱一起完成，人们对耱的需求越来越少，拧耱这种老手艺就渐渐淡出了人们的视野，成为一种永恒的记忆。

编簸箕

簸箕作为一种重要的农具，主要用来除去麦粒、谷物、稻米中的杂质和空壳，在农村也常用来晒柿子、花生、核桃、大枣、玉米、豆子、花椒、养蚕等，与南方的竹编手艺相比，北方多用柳编。

二十世纪八十年代，当我还在农村老家读书的时候，曾目睹过邻村的师傅编簸箕。编簸箕的基本原料是沙柳条，也俗称簸箕条。除此之外，还有窄长的薄木条、麻绳、尼龙绳等。簸箕条大体上有三种：三月柳条发芽皮利时采割的叫芽条；七月割的利皮条子叫秋条；农历八月白露过后，柳条皮不利，要放在锅里蒸后才能脱皮，故名蒸条，用蒸条制作的簸箕柔韧性强，经久耐用，色泽清白，很受人青睐。因此，编簸箕时以蒸条为上乘，芽条次之，秋条生长期短，虫口大，韧性差，品质不好，人们最不喜欢。

一张成品簸箕看起来简单，但编起来专用工具多，工序复杂。编簸箕的主要工具有削簸箕刀、铁镰（推刨）、槽锥、钩针、拨停、绳锤、抒篾刀、量舌、尺子、踏板子、抒篾棒、垫尺、刀子等。铁镰用以刮簸箕舌头，要刮得平整、薄厚适中；量舌是放在簸箕舌头上过眼的样舌，用于丈量簸箕舌头上所钻孔眼的距离；方锥，用于在簸箕舌头上钻眼；槽锥，用来缠簸箕沿子；钩针，在簸箕舌头上用来钩绳子，用针讲究循环往复、错落有致、一气呵成，针脚密疏、缀条粗细平整；拨停，用来打绳，有的地方也叫陀螺子；绳锤，用于缠绳，既省力，缠下的绳子松紧还合适；抒篾刀，刮缠沿子的篾子；簸箕尺子，用来量簸箕条的长短。这些叫法，外行人听起来颇似"黑话"，不懂其内涵，但对经常编簸箕的师傅来说，却再熟悉不过了。工序包括泡条、缠线、装条、编线、拉窝子、包边等十多道，虽然很容易上手，但想要编出经久耐用的好簸箕却很难。从选条到装条，从编线到包边，没有好手艺，簸箕就容易散架。

编簸箕很辛苦，既是体力活，又是技术活。采割沙柳条时，早上天不亮就起床、吃饭，赶天亮才能到山上生长柳条的地方，当地人形象地把这叫出坡。整整割一天，天黑时饿着肚子，担着上百斤左右的重担，走十多里山路才能回到家。

编簸箕要选避风、潮湿、遮光的场地，否则簸箕条干燥，容易折断。所以，有经验的师傅，一般都有一个固定场所，要么在地下打地窖，类似于地下室，犹如我们在电影电视上看到的地道，当地人俗称"簸箕窑"，也有人戏称为冬暖夏凉、湿润恒温的"神仙洞"，出入口用草盖盖严实，只留一个小窗透光，保温保湿程度很好；要么会自己修一个"地窖子"，就是在地上挖一个深一两米的长方形土坑，四周立起柱脚，架上高出地面的平顶支架，盖上土、杂草和塑料膜，就成了一个地窖子。地窖子虽相对潮湿，但冬暖夏凉，在里面编簸箕也能保持柳条的湿度，折损率大大降低。

因簸箕有大小之分，所以，一张成品簸箕大约需要120—160根不等的沙柳条。编簸箕，首先讲究选材。从众多沙柳条中挑选至少一米长的细柳，然后经过蒸、剥皮、削光、晒干、截齐、浸泡后备用。先把细柳条盘成圆圈，一层一层的压在锅里，添上适量的水，蒸几小时。在蒸条时，火候、湿度都尤为重要，随时要掌握，不可掉以轻心，蒸得太老了，色泽不白亮，蒸得太嫩了皮不利。剥皮，用两根短棍，一头扎紧，把柳条夹在两棍中间，另一条用左手捏紧，右手使劲拉条子，柳条便被剥去周身的绿皮，露出白净的木质。削光，用刀刮平条子上的疤，保持平整。晒干，把剥皮、去疤的条子在水中蘸一次，放在簸箕窑里阴半天，反复2—3次，簸箕条就能随意弯曲而不易折断。选材还包括簸箕舌头，大簸箕舌头要选长1米左右，宽4至5厘米左右，厚4至5毫米的薄板，刨光，做成中间为长方形，两端向外突出的木板儿，在上面均匀地钻上24个小孔；小簸箕舌头则根据需要和材料而定。

其次是织绳。选优质的麻秆浸泡后剥皮、拧绳、风干，待用。麻绳的粗细要适度，一律要用上品麻捻绳，否则会影响簸箕的使用寿命。

然后是编织，在一块板子上定好麻绳，将柳条从两边穿过去后，用脚踩住，把舌头和柳条用绳子编结在一起，做成的平面叫簸箕掌子。如此循环往复，然后调整好顺序，再用大镰、槽锥、线锥、线刀、削刀认真地编织，同时要掌握好力度，将掌子弓起结角子，让柳条两头向中间弯起，然后用柳条的树皮将簸箕的边缘包裹起来。有的地方也用绳子包边，用绳子转圆圈沿条子一上一下的穿三层，拽紧，用削刀削去条子多余的部分。把高过沿的条子用线刀划开，一根条子破为三瓣，用刮刀刮去条子中间的木质，剩下条子的外层部分，俗称线条子。把线条子由里向外、由下至上翻过簸箕沿夹在条子缝里。缠绕线条子时，要在沿的左右各增加两根线条子，上端放一根细条子，使沿加宽，便于使用时手握。这样，一张漂亮的簸箕才算完成。结角子和做苣子以及挦篾子、缠沿子最耗时间，技术含量也最高。

最后是检查修整，用削刀削去粗糙的部分，精心为簸箕"整容"。如果还要更美观的话，再根据喜好涂上不同颜色的漆。

编的簸箕是否美观大方、实惠耐用，关键在这些工序上，所以编簸箕的师傅紧张时一蹲就是半天。有时为了结好角子或做好苣子，连吃饭、上厕所都顾不上。只有这样，才能编成一张结实耐用的上等簸箕。

现如今，随着社会的发展和科技的进步，人民生活水平不断提高，传统农业也迈上了现代化征程，村村都安装了磨面机、碾米机等加工粮食的机器，簸箕等柳编制品大多被塑料制品、不锈钢制品所取代，编簸箕这种老手艺也逐渐淡出了人们的生活，消失在岁月的长河里，成为永远的记忆。

腊月，腊八

腊月，宛如一个扭着小蛮腰、迈着细碎步、匆忙赶路的小媳妇，不知不觉地从远处走来了，走进了城市，走进了乡村，走进了千家万户团圆的祝福里。腊月来了，人们忙碌的心情一下子收得更紧了：这紧赶慢赶的，一年就到头了呀！

据有关资料记载：人们习惯把农历十二月称"腊月"，是因为远古时代，"腊"是一种祭礼。《说文解字》中："腊，合也，合祭诸神者。"那时，人们总在年终岁初用猎物祭祀天地以避灾迎祥，再加之古时"腊"与"猎"同字，所以这种祭祀就叫腊祭了。因为"腊祭"在农历十二月进行，所以从周朝起，农历十二月就称腊月了。而腊八节源于汉代，当时人们把冬至后的第三个戌日定为"腊日"，后改在十二月的第八天，所以就叫腊八节了。腊八节时，民间总要举行规模盛大的祭祀天地的活动，同时还要喝腊八粥。腊八粥由米、豆、粟、枣等熬煮而成，味道鲜美，有食之以兆丰年之意。所以，腊八节又是个有关农事的节日。

庆阳人庆祝腊八节有许多很有意思的风俗习惯。喝腊八粥是必不可少的。腊八节前一天，家家户户都要精选一些浑圆饱满的小麦、小米、黄豆、绿豆、去皮的玉米、枣、花生等，放在水里提前泡上，经过浸泡的这些食材，煮粥时更容易熟透，口感也更好，这是老一辈人传下来的熬粥技巧。熬粥时，还要加入少许的肉末肉丁，用来提味。熬粥是个慢功夫，更是女主人展示厨艺的最好时机。喝腊八粥据说与明太祖朱元璋有关。相传有一年的腊月初八，当过和尚和乞丐的朱元璋穷困潦倒，多日未进食，奄奄一息。恰巧这时，有一只老鼠从洞里钻了出来，被朱元璋看见，他眼睛一亮，连忙扒开老鼠洞，发现里面储备了许多过冬的食物，有大米、小麦、玉米、黄豆、绿豆、花生、枣子等。朱元璋大喜，找来一只破瓦罐，煮了一罐粥。由于太饿了，朱元璋觉得这粥格外香。朱元璋登基后，有一天也是腊月初八，他突然想起了以前吃过的那碗粥，便叫御厨做了米麦杂豆混在一起熬的甜粥。满朝文武官员见皇帝吃得津津有味，便纷纷效仿，渐渐传到了民间，就成了风俗，一直延续到现在。

"游腊八"是这个节日里的小孩游戏。腊八节前一天夜里，大人们会就地取材，用红萝卜、青菜叶等做成红花绿叶放在水碗中，冻成一个个冰块。透明的冰块晶莹剔透，可以看见里面的"红花绿叶"，是为"冰花"。腊八一大早，孩子们就担着红红绿绿的冰花，串门、游乐，争相比谁家的冰花最美。这天，各家也邀请小孩子互相吃冰，俗称"游腊八"，别有一番趣味。

在过去，庆阳当地还有"腊日社鼓迎八粥"的习俗。吃过象征丰收团结和睦的腊八粥，在入夜前夕，各村男女群集在一起，点燃篝火，敲锣打鼓，烟焰缭绕，咚咚锵锵，此起彼落，宁静的农村顿时沉浸在欢乐的气氛中，名曰"燥年鼓"。这鼓声把人们的心绪拉进过年的境地。从这天起，社火开始排练，人们忙着置办过年的一切物品。据传，在古时，腊日擂鼓可驱吓野兽，猛兽在一年内不敢进村祸害庄稼；还能驱疫，人们头戴胡头，扮作金刚力士，腰系细长鼓，边击鼓边呐喊，以此来驱逐疾病。

在镇原，腊八这一天，人们虽然也喝腊八粥，但更多的却是早晨吃搅团，晚上吃面条。搅团寓意团团圆圆、幸福美满，因为镇原人有逢喜事必吃搅团的习惯。搅团做好后，先盛些献神敬祖，然后在粮囤中间摆放一盘，意为祭祀神农。还要在门外的杏、梨、桃等果树枝杈放些搅团块，由女主人念叨着："果树吃疙瘩，吃了来年开花花！""腊八的饭，吃到年三十！"……各家在这天都会做很多搅团，吃剩下的晾凉后，用筷子夹成小块状，称"雀儿头"，撒给家畜吃，民间传说"吃了雀儿头，来年不再糟蹋庄稼！"

"吃过腊八面，一天长一线"，意思是过了腊八节，白昼的时间就渐渐变长了。年关将近，出门在外的人都陆续回到家里，腊八节晚上，女主人张罗着为全家人擀上一顿又细又长的面条，在汤中浇入红彤彤、油旺旺的辣椒油，故称"辣（腊）红（魂）面"。腊八节吃"腊魂面"，寓意着日子长长久久、红红火火。

民谣说："乖孙孙，你别馋，奶奶给你说过年。过了初七是腊八，腊八饭吃到二十三！""小孩小孩你别馋，过了腊八就是年！"……腊月，是柴烟日子的延续，也是远方游子心情浮动的时候，思乡之情一天比一天强烈，想念父母、妻儿、故土……这是乡愁，经过春夏秋冬的积累，有钱没钱回家过年成了唯一的念头。这念头会让人们生出力量，想尽办法，克服困难，一定要在大年三十前赶回家和亲人们团圆。腊八，是腊月的第一个节日，

一碗热气腾腾的腊八粥，驱赶了寒冷，也让年味日渐浓烈。

腊月腊八，就让我们在"腊八粥"的香甜中去感悟厚重的传统习俗带给我们的心灵滋养吧！

披 红

坐落在陇东黄土高原上的庆阳，为"北豳"故土，《诗经·豳风》中就曾展现了这个地域远古而神奇独特的民情风俗文化。陇东人过喜事（对婚嫁、小孩满月等的统称）的时候，有一种民间风俗——"披红挂彩"，当地人习惯称"披红"或"挂红"。

"披红"，就是把丈二左右、宽五六寸的红布、红绸披挂在主人身上，以示喜庆、吉祥、如意、祝福。过去多用红布，现在流行红绸缎等。在过去婚嫁时，新娘未娶进门之前，新郎的父母要先为儿子披红，俗称"引红"，新郎披了"引红"才能去舅家，寓意外甥的红引来舅舅的红。新郎去舅家接红要带上烟酒糖茶等礼物，请舅家人为他披红，舅家人嘴里唱着披红歌："舅舅看你已长大，拿来绸缎长二丈；今日外甥成双对，舅舅特意来披红；未曾戴花先挂红，赛过当初赵子龙；挂起红来又戴花，赛过当年姜子牙；一条红绸挂左边，一条红绸披左边；夫妻恩爱喜洋洋，百年合好笑开颜；来年生个双胞胎，考进清华和北大……"这个过程也叫"接红""迎红"。小孩过满月和婚嫁时大体相同，不同之处是舅家人要到外甥家披红。

关于这个习俗的来历，当地还流传着一个故事。据传，在武则天年间，宁州（今宁县）有个员外给儿子娶媳妇。当天晚上，新女婿出去招呼客人，一个小伙子冒充新女婿，进到新房跟媳妇讨钥匙，要取压柜钱。过去订婚，都是父母做主，新媳妇和新女婿没见过面，新媳妇以为是新女婿，就把钥匙给了他，结果压柜钱被盗走了。过了一阵，新女婿回来，上炕就跟媳妇要压柜钱，准备第二天打发吹手、阴阳。新媳妇听了，没好气地说："你刚要去，又来要，我又不是摇钱树！"新女婿说："我出去再没进来，啥时候跟你要钱来！"新媳妇估摸着两次不是一个人，长出了一口气说："唉，是我把人认错了……"新女婿说："还有那么大的差错！"说完就睡觉去了。睡到天亮起来一摸新媳妇不见了，往窑里面一瞅，吓得失声大吼起来。外面人听见呼喊声，掀开门一看，新媳妇上吊死了！还没离开的娘家人冲进门，二话没说，就把新女婿告上了宁州老爷大堂。

宁州刺史是狄仁杰，把新女婿传上堂一问，才知是这么一回事，就说："新女婿没记号，媳妇子把人认错了，才闯下这祸。怪就怪那冒名顶替的人！"没出三天，狄仁杰就断明了这桩官司。为使后人不再出这类事，给宁州人立下了规矩：娶媳妇时，要给新女婿身上披红布作记号，以免新媳妇认错人。后来，陇东各地的人都学宁州的样子，给新郎官披了红，打个记号，而且要老舅家人披。

随着生活条件的改变，现在人们办喜事多在饭店酒楼，一般是提前把舅家人请到现场，在娶新娘的人未回来之前，安排好一桌酒菜，把舅家人请到桌前，外甥给舅家人作揖叩头，按照先左肩右斜、后右肩左斜的顺序，举行披红仪式；或者和婚礼主持人提前沟通好，由主持人引导，在婚庆仪式上特意安排"披红"这个环节。小孩过满月时的披红则相对简单一点，亲朋好友入座前就已披红完毕。

现如今，这种喜事中的披红风俗已成为陇东人的一种独特的民间文化传承，形式更加多样，除新郎新娘父母、舅父外，亲戚长辈也可披挂，甚至连为主人备酒席的饭店也即兴披挂，披红越多，越显得主家人脉广、人气旺，以后的日子过得红火。

陇东民歌

在历史的长河中，陇东人民创作出许多特色鲜明的民歌，丰富了家乡的地域文化。

情歌歌谣唱的是爱情，在陇东民歌中数量最多，主要代表作有《绣荷包》《情人歌》《不想你来再想谁》《赶骡子的哥哥又来了》等。

陇东黄土高原上的女子大多心灵手巧、敢爱敢恨，善用亲手绣制的精美荷包来表达对爱人的炽热情感。如《绣荷包》中唱道："初一到十五，十五月儿高，春风儿摆动杨柳梢。年年常在外，月月不回来，家丢下一女要一荷包袋……"妻子对丈夫的思念之情让人动容。

再如《情人歌》所唱："长头发剪成了短缨缨，走路好似一阵风；你穿上红鞋上硷畔（窑洞外大院子的边沿），把我们年轻人心搅乱。正月里来正月正，妹妹眉毛像张弓；妹十七来哥十八，妹没女婿哥没家……"歌词纯真、曲调热烈，表达了青年男女对爱情的向往和追求。

陇东的生活歌谣反映了家乡人日常的生产生活状况，是陇东人民创造生活、热爱生活的见证。生活歌谣中，较具代表性的有《劳动歌》《放羊歌》《磨豆腐》《炒炒面》《娶了媳妇忘了娘》等。如《劳动歌》中唱道："公鸡喔喔叫，太阳端顶照，张大哥在田中浑身汗淋淋，喂饱老黄牛，树底把烟熏……"；《放羊歌》中唱道："正月放羊是新春，小奴家放羊要起身，绵羊打在前边走，小奴家脚小后边跟。二月放羊是花招，天上喜鹊搭天桥，有福之人桥上过，无福之人水上漂……"这些歌谣生动、有趣，俨然一幅幅生动的风情画。

民俗歌谣是人们在举行婚丧嫁娶、祭祀、祈福祝愿等活动中唱的歌谣，这类民歌有联络感情、凝心聚力的作用，民俗价值很高。陇东民俗歌谣的代表作有《劝女歌》《哭嫁歌》《乞巧歌》《"嚷院"歌》《待客仪式谣》等。如《劝女歌》中唱道："女儿出嫁离家门，叮咛话儿记在心。婆家不比妈身边，处事为人要谨慎。常问公公炕冷热，做饭多把婆婆问……"；《乞巧歌》中唱道："姑娘们，乞巧来，梧桐树下花儿开；花儿开，树儿摆，我把巧娘请下来。今年过个七月七，明年还有七月七，牵牛郎，写文章，笔墨纸砚都拿上……"这些歌谣将相互的道理唱出来，寓教于乐，涵育了家乡人的价值观。

还有一种是歌谣，主要反映了家乡人对一些重大事件的认知，具有很强的时代性。时政歌谣较具代表性的有《害的百姓无活路》《红军亲人到我家》《歌唱责任田》等。如《红军亲人到我家》中唱道："喜鹊树上叫喳喳，红军亲人到我家。急忙烧水又做饭，吃饭喝好把敌杀……"歌谣唱出了红军与人民群众的鱼水情深。

陇东民歌世代相传，唱出了老百姓的喜与悲、爱与恨，并沉淀成一种民间文化，成为中华民族文化宝库中极富生命力的组成部分。随着社会的发展和人民生活水平的提高，陇东民歌在新时代有了新发展，新民歌层出不穷，家乡人一如既往地用歌唱表达着对幸福美好生活的向往和追求。

唢　呐

　　唢呐是陇东民俗文化中一块瑰丽的宝石和活化石，在源远流长的民间风俗活动中，发挥了极其重要的作用，因其积淀雄厚的曲牌音乐体系、庞大的演奏群体、广泛的民俗应用、独特的演奏技艺和浓郁的地方风格，成为中国浩瀚的民间音乐中的一个独特乐种，2006年5月20日被国务院正式入选国家级非物质遗产名录。

　　唢呐，陇东人也俗称"鼓乐""鼓吹乐"，构造简单，由哨子、挡风板、通管、管杆、喇叭五部分组成。管杆上有八个按音孔，哨子用苇秆经蒸、煮、烤、刮等工序制作而成。吹唢呐的人叫"吹鼓手"，他们可谓是土生土长的民间艺人，虽然大部分都没有较高的文化知识，可他们都有惊人的记忆力和创造力，一次能吹奏出数十首不同的曲目，极少重复和出错，那娴熟的技巧和优美而富有声色的演奏常常赢得人们的高声喝彩。

　　在陇东，有一首民谣："又能吹，又能打，一年忙在别人家。吹起来，呜哩哇；敲起来，隆咚嚓。吹长的，是喇叭；吹短的，是笛呐；不长不短是唢呐。铜头头，木杆杆，十个指头压眼眼，前面滴下水点点。吹得眼睛红巴巴，吹得脸蛋直疙瘩……”这可谓是“吹鼓手”的真实写照。

每逢嫁娶、乔迁、丧葬祭奠或老人寿诞、乡村庙会、节日庆典等民俗活动，都要请两个“吹鼓手”或一个唢呐班子，热闹一番。尤其是每逢金秋季节和各种节假日，人们普遍认为是嫁娶的最佳时间。此时，“吹鼓手”们更加繁忙，主人家还得提前与“吹鼓手”达成协议，以防误事。从古到今，“吹鼓手”们常年活跃于各个村庄，吹奏于庄头院落，不辞辛苦，有求必应。

唢呐班子没有固定人数限制，少则一两个人，多则十几个人为一个“全班子”。现在陇东农村人过事（对喜事及丧葬事的统称），如能请到一个“全班子”，就是主人家最为满意的事了，颇有声势，扬名夸富，光宗耀祖。唢呐班子的乐器主要有板胡、二胡、笛子、三弦子、鞭鼓、号、锣等，再架起高音喇叭，吹奏起来的声音更加洪亮悦耳，深受众亲友们的厚爱。唢呐班子成员大都会演奏两个以上的乐器，有的既打板又敲锣，有的既吹唢呐又吹笛子；演唱者有的会“秦腔”戏，有的会唱革命歌曲、流行歌曲，还有的会说快板、说春官词。对出众的演唱者，众亲友中有的人会掏出三五元钱给予奖赏，以示为主人助兴，让演唱者表演时更加卖力。

唢呐曲子，按场合可分为三种：新婚庆典曲、丧葬祭奠曲和通用曲。那婉转动听的曲调，时而似涓涓溪流，婉转悠扬；时而似江河滔滔，气势宏伟，娴雅迷人；时而似嬉戏逗闹，热烈欢乐；时而如泣如诉，哀声悲伤，倾诉了民众的喜怒哀乐和爱憎情感。

最常用的要数新婚庆典曲。这类曲子一般旋律流畅，节奏明快，个性突出，结构正规。它不仅体现了热闹喜庆的气氛，而且使人们感到精神振奋，同时又享受了音乐艺术之美，如《东方红》《社会主义好》《十唱共产党》《军民大生产》《没有共产党就没有新中国》《五朵金花寄回家》《状元游街》《村民都是向阳花》等。有些曲子还形成了新旧两种不同版本，这不但提升了"唢呐"的演奏技艺，而且丰富了唢呐的曲目内容。

最不可或缺的是丧葬祭奠曲。这类曲子节奏平稳缓慢，与肃穆伤感的祭奠场面气氛融为一体。虽然都以悲哀凄凉为主旋律，但都有各自不同的表现形式：有的如泣如诉，有的大恸大悲，有的肃穆凄凉，表现出无限缅怀的追忆之情。主要有《孟姜女哭长城》《孤雁落沙滩》《祭灵》《秦雪梅吊孝》《孟宗哭竹》等，这类曲子吹奏到悲伤处，加之亲属儿女们的痛哭声，更能激发起人们对已故亲人的祈祷与思念。

运用比较广泛的是红白喜事通用曲。这类曲子所表达的意境往往不能从名目上得到完整启示，却能从音乐演奏中领会其形象意趣，实际上是一种"无标题"的纯器乐曲，主要有《担水》《山坡羊》《银纽丝》等，它除在已故亲人三周年祭奠时吹奏外，基本上没有固定的使用场合，一般在各种活动场合都可以吹奏，运用比较广泛。

随着时代的不断发展和人民群众的精神文化生活需求，唢呐这一古老的民间乐器和淳朴的服务方式将得到进一步发扬，成为人们情感上的一种萦牵和陇东民俗活动中一种独特的文化传承。

护庄树

陇东是周人的发祥地，据《史记》《括地志》《甘肃省通志》等记载，早在3000多年前，周先祖公刘"务耕种、行地宜"，鼓励农业生产，使这一地区成为华夏农耕文化的发祥地。

勤劳的陇东人民，自古以来就喜欢在自家的庄前屋后栽上槐树、柳树、杏树等，在美化人居环境的同时，长久以来又形成了独特的护庄树文化。细细探究护庄树的意义：一种是寓意吉祥，取槐树与"怀"、杏与"兴"的谐音，象征一个家庭怀胎生子，人丁兴旺，子孙满堂。另一种是有纪念意义，翻阅陇东人的族谱、家谱，大部分记载，祖先最早是从山西大槐树迁移来的，从一些老者的口中亦可得到证实。据考究，大槐树本在山西洪洞县广济寺，内有数围粗的古槐一棵，地处交通要道，本就是移民的集散地。"被迁群众在起启时，便将目前之大槐树以及树上的老鹳窝入于眼，印于脑，指告别家乡时的纪念。"所以，移民每到一处，便在庄子外围栽上槐树，以示新的纪念。一代传一代，久而久之形成了一种文化风俗。此外，槐树又名国槐，属豆目蝶形花科植物，树型高大，木质坚硬，寿命长，皮、枝叶、花蕾、花及种子均可入药，花和荚果入药，有清凉收敛、止血降压的作用；叶和根皮有清热解毒作用，可治疗疮毒；槐树还可遮阴，人们白天将牲口拴在院墙外歇息，称为"凉场子"。栽种柳树，一则耐寒、抗干旱、成活率高；二则出于生产生活需要，柳木柔韧性好，不易折断，柳树枝长到一定程度可以做铁锹、锄头等农具握把，长到一定粗度锯成木板，又可成为家居的木料。杏树属蔷薇科花果植物，本就起源于北方，除耐旱易成活外，杏子可鲜吃，可晒干储存四季常吃；杏核仁油质丰富，可榨油、可入药；木质坚硬细腻，纹路色泽艳丽，是做犁头、炕沿、案板的优质木料。

近年来，随着时代发展和人们生活条件的改变，一些民风民俗在改变，一些事物也在以看不见的速度消失，但陇东护庄树文化却作为一种民俗文化被传承着，人们修一处新的庄子，必在院落外围栽种一些护庄树，以此来寄托一种人丁兴旺、家业发达的愿望。

嚷　院

　　陇东地处黄土高原，对生活在这里的人来说，辛辛苦苦劳作一生，最基本的愿望就是修一处像样的庄院。新庄院落成迁入时，通常都有一种特殊的民间习俗——"嚷院"。据说，只有通过邻里乡亲来"嚷院"祝贺，主人家的日子以后才会越过越有滋味，越过越红火。

　　"嚷院"作为一种喜庆仪式，陇东人也叫"嚷院子""嚷新庄""贺房子"。顾名思义就是乔迁新居后，乡邻和亲朋好友来庆贺一下，取热闹、喜庆之意。

　　"嚷院"前几天，先由邻里乡亲中有名望的人来充当"主事人"，他们奔走于主家和乡邻之间，商量"嚷院"的具体事宜，督促主家尽快确定良辰吉日，尔后给乡邻一个准信。

　　"嚷院"当日，主家一大早就在门框上贴"吉日迁居万事如意，良辰安宅百年遂心"等喜迁新居的祝福对联，在窗户上贴好窗花剪纸，备好招待酒席。接下来"主事人"带着邻里乡亲们，拿着写有"瑞气盈门""福地祥天"等牌匾礼物来"嚷院"，到主家大门前，先放两挂鞭炮，以提醒主家众人的到来，尔后拿出早已准备好的丈二红布或丝绸被面，挂在主家的门框上。主家听到鞭炮声响，随即也放两挂鞭炮以示欢迎，并派人接过牌匾等贺礼，把众人迎进大门来。客人们稍作休息之后，便在主人的陪同下，到新庄院的各个窑洞或房间参观，说些吉利赞美的话。有些能说会道的人还编出些顺口溜："搬新家，好运到，入金窝，福星照，事事顺，心情好，人平安，成天笑，日子美，少烦恼，体健康，乐逍遥，朋友情，忘不了，祝福你，幸福绕""喜迁新居喜洋洋，福星高照福满堂。客厅盛满平安，卧室装满健康。厨房充满美好，阳台洒满好运！"……以讨主家欢喜，逗大家乐呵。

　　如此热闹完毕，主家会设宴款待前来道贺的宾朋，众人欢聚一堂，说说笑笑，将"嚷院"的氛围推向另一个高潮。"嚷院"作为一种比较普遍的陇东民间风俗，图的是吉利、平安，更是人们对未来美好生活的一种向往。

消失的货郎

　　二十世纪六七十年代，我所生活的北方农村还处于物资匮乏的时代，人们普遍缺吃少穿，交通也很不方便。那时，乡下还没有商店和小卖部，人们耳熟能详的是供销社，但这也只是人口稍多点的镇子上才有。村里人有时为了买点日用品，即便是一盒小小的火柴，也不得不花上大半天时间，走十几里甚至几十里山路，到镇上的供销社去买。所以那时候，走村串户的货郎就是村里人眼神里最大的祈盼。

　　俗话说："敲锣卖糖，各干一行。"货郎这个行当虽然比较辛苦，靠的是脚力，风餐露宿，走村串户，但在那时，如果吃得了这种苦，却也不失为一种养家糊口的好营生。

　　小时候来村里的货郎，大多是看起来比较沉稳的中年人，他们中有相邻地界的陕西、宁夏人，也有四川和河南人。一辆半旧不新的自行车、两个竹筐、几个小木箱子、一个拨浪鼓，就是他们的全部家当。走村串户时，他们推着自行车，自行车后座上绑一根一米五左右的木棍，木棍的两头各挑一个竹筐，两个竹筐各有各的用途：一个放货物，另一个放货物换来的东西。其中，放货物的竹筐内又放着几只小木箱，每只小木箱都被分割成许多大大小小的方框，每个方框内分门别类地放着各式各样的儿童玩具、针头线脑、发卡首饰、衣帽鞋袜、彩色花线、糖果等；另一个竹筐内则乱七八糟地放着破铜烂铁、猪毛、猪鬃、乱头发之类的由货物换来的东西。

货郎的到来，会使整个村子都沸腾起来。他们要么摇着自行车铃铛，要么一手推着自行车一手摇着拨浪鼓，边走边吆喝："破铜烂铁换耍活哩，猪毛、猪鬃换针线哩，烂布鞋、乱头发换发卡花线哩……"随着那一声接着一声的抑扬顿挫的吆喝声，夹杂着那听起来像"拨浪、拨浪、拨浪浪……"的拨浪鼓鼓点声，村里的男女老少们便从不同的方向围拢到货郎身边。

只要村口的自行车铃铛或者拨浪鼓声响起，我们一群小孩子便聚集在一起，蹦蹦跳跳地齐声唱顺口溜："来了货郎好，货郎来了好买货。闺女闺女你莫慌，买把梳子理红装。大娘大娘您别急，顶针针线买上炕，俏媳妇纳鞋底，送郎打工去南方。小孩子吃洋糖，吃了洋糖上学堂……"

尽管货郎带来的都是一些小物件，但对那个年代的农村人来说，这些小商品已经足够让人们眼花缭乱了。婆姨媳妇们围着货郎，主要是为了换针换花线，好纳鞋底做针线活；小孩跟着货郎，是为了玩具和糖果。有时家里实在没东西可换或者大人不让换，就趁着货郎和大人们置换时不注意，拿起玩具过把手瘾，也就心满意足了；有时大人们换完东西，会千方百计地向货郎要上一两颗糖果给孩子们吃。每次等货郎离开之后，我们便开始到处捡拾破铜烂铁、塑料瓶子、猪毛猪鬃等，心里盘算着如何等货郎下次来了好换玩具和糖果。

货郎要离开村子时，我们一群小孩子会追着货郎跑出好远，还齐声唱着童谣："打起鼓来，敲起锣，推着车子来送货，车上的东西实在好，有媳妇用的小顶针，姑娘用的小花布，小孩吃的水果糖，挠痒痒的挠挠手……货郎货郎你莫走，还有姑娘找着哩……"

后来，随着时代发展，人们的生活条件越来越好，物质丰富了，交通也便利了，商店、小卖部随处可见，不用跑很远的地方，就能买到自己需要的商品了，走村串户的货郎来村里的次数越来越少，直至从人们的视野里消失，货郎就像一个文化符号，永远地留在了人们的记忆里。

号　子

庆阳是周祖农耕文化（反映西周早期人们的农业生产状况）的发祥地，历史上，在开发、建设这块黄土地的过程中，陇东人凭借勤劳和智慧创造出了具有鲜明地域特色的民俗文化，陇东号子便是其中之一。

号子，又叫劳动号子，是一种随劳动而唱、带有呼号的歌曲，具有组织生产、协调发力、调剂精神、鼓舞干劲等作用。就种类而言，陇东号子包括打夯号子、吆喝牲口号子和锄地号子。

打夯号子，也叫夯歌。在自动化打夯机、打桩机还没有出现之前，家乡人夯筑地基都用石夯（一种打砸工具，呈圆柱形或四方形，上小下大，四面或六面带铁环，环上各拴一根绳子，中间带有把手）。打夯通常需要几个人到十几人不等，要求举得高、落得稳、砸得实，故而，夯手们必须心齐、力齐、动作协调。这时候，如果没有掌夯把式统一指挥的话，地面砸不实不说，还容易砸到夯手们的脚。

打夯号子就是在指挥与呼应的过程中产生的。掌夯把式的指挥就是领唱，众夯手的回应可视为合唱，有节奏的一唱一和之间，动作就协调了，热情也被鼓舞起来了。

打夯号子的节奏有快慢之分，快节奏号子通常比较短，节奏明快，气氛热烈。比如，掌夯把式领唱："端格溜溜上，端格溜溜下，大家要齐心，往呀往前行！夯儿往前抬，夯儿往前闪，都是年轻人，好好闪起来！"众夯手的回应只是在每句唱词后面吼"嗨—嗨"两字。

慢节奏则多以齐唱的形式出现。如人们熟悉的《军民大生产》："解放区那么嗬咳，大生产那么嗬咳，军队和人民，西哩哩哩嚓啦啦啦唆罗罗罗哒，齐动员那么嗬咳……"这首歌便改编自陇东的打夯歌《十唱边区》。

吆喝牲口号子，是家乡人在放牧或耕种时唱的。这种号子旋律单一，歌词多为一个叠词。比如，指挥牲口停下来或者加快耕种步伐时多用"吁吁""喔喔""哒哒"等，放牧时多用"唠唠""嘹嘹"。这种号子虽简单，作用可不小，每当牧羊归来，好几家的很多羊合为一群，牧羊者喊几声号子，羊儿就各自分开回家了。

锄地号子最接地气，它是人们在单调、漫长、寂寞而繁重的田间劳动过程中，为消除苦闷和疲乏，敞开喉咙喊出来的深沉、激昂的号子。锄地号子节奏感强，内容多为猜谜语或民间小调唱词，演唱形式通常是一人领、众人和。如领唱者唱："什么那个开花在路旁哟哎？"众人回应："马莲那个开花在路旁哟！"领唱者接着唱："什么那个开花三月三哟哎？"众人回应："桃花那个开花三月三哟！"然后，众人齐吼："哟吼！"领唱者再唱："哟吼！马莲那个开花在路旁哟！"众人齐吼："哟吼哟吼哟吼吼！"

号子一唱起来，人们感到疲劳顿消，抖擞精神重新投入到劳作中去。

号子是家乡人从事繁重体力劳动中的调剂，它不仅帮助人们创造了财富，也沉淀成为一种文化。如今，在一些劳动场合还能听到家乡人唱劳动号子，那激昂的旋律、铿锵的歌词，唱出了家乡人的爽朗和豪迈，也唱出了家乡人对幸福、对美好生活的向往和追求。

第二辑

行走大地

村里的打麦场

村庄里除了世代生活在这里的人，还有窑洞、有院落，有鸟雀、有树，有老黄牛、有羊群，有鸡鸭、有屋舍，有草垛、有打麦场……

这个全村最大的打麦场位于村子正中央，足足有两亩地那么大，可同时供五六户人家碾场用，四周被外表有点发黑的麦草垛、谷草垛、玉米秆垛围着，让人既陌生又熟悉。打麦场临沟的一面，先辈们顺着山势挖了许多窑洞，每四五孔窑洞组成一个院落，细数之下，有八个院落八户人，它们是我能叫得出名字的太爷、爷爷、叔叔辈人以前居住的，但现在都早已搬进了宽敞明亮的琉璃瓦房。

如果说黄土地是麦子的家，那么打麦场就是它们涅槃的地方——在这里分娩，在这里重生，乡亲们通往温饱之路，就从打麦场开始。

刚刚包产到户那些年，全村人一年四季的热闹都来自这个打麦场。

夏收之后，瓦罐型、长方体、三条腿的麦撂子密密麻麻，个挨个地堆在打麦场四周。只有中间一大片被人们称作"场心"的地方用来碾场。盛夏的太阳如火一般炙烤，牛马驴骡拉着圆溜溜、愣头愣脑的大碌碡不停地吱吱呀呀，这声响听起来并不悦耳，但也不令人生厌。碾场把式赶着牲口，行走在摊开的厚薄均匀的麦秆上，转着同心圆一样的圈，一圈一圈地来回转动，就这样转着光景岁月，转着希望和憧憬。

那时候，村里的麦道叔是乡亲们公认的碾场好把式，他长得粗壮剽悍，精力旺盛，再加上一脸络腮胡子，嗓子亮，吼声大，驾驭能力好，高高兴兴地赶着自家饲养，在村里都数得上健壮的两头骡子，碾起场来效率最高，只听得口哨声、吆喝声被他扯得贼亮贼亮。两头通人性的骡子，阵阵吼叫，在麦道叔举起长长鞭子的呵斥下，它们从来不敢在打麦场上偷吃。

黄土高原上的人最爱用山歌表达自己开朗的性格和乐观的情绪。麦道叔的压轴好戏是唱两嗓子，每当中午人困牲口乏的时候，他一边吆喝着牲口碾场，一边拉开嗓门就唱响社火调调《对花》："我说我的一来呀，谁给我对上一，什么花开在正月子里？正月里开的什么子花？你说你的一来呀，我给你对上一，迎春花开在正月子里，正月里开的是迎春花！……"惹得打麦场上的男女老少们笑声不断。

能和麦道叔相媲美的大概只有老羊倌驼背爷了。麦道叔唱罢，在一旁吆喝牲口碾场的驼背爷也不甘示弱。他的拿手曲目是《绣荷包》："初一到十五，十五月儿高；那春风摆动杨呀么杨柳梢。男人走口外，月月不回来；捎书书带信信要一个荷包戴。……"清亮的"娘娘腔"飘荡在打麦场的每一个角落，连耸拉着脑袋的老黄牛都扬起尾巴、甩开蹄子使出了牛力。

众人听麦道叔和驼背爷在打麦场上斗唱，都听得入了神，早已忘记了烈日的烘烤，忘记了收割打碾时的腰酸背痛，也忘记了一天的疲惫。还有那么一两对青年男女，他们自认为麦道叔和驼背爷唱的这是酸曲，心有灵犀地互相在挤眉弄眼，趁大人干活不注意时暗送秋波。

夏忙季节，我们一群小孩子更喜欢在打麦场上玩耍，在青草丛里捉蚂蚱，在麦黄杏树上摘杏子，在核桃树上吃青皮核桃。常常脱了鞋子，在大人们起完第一遍麦草的打麦场上翻筋斗、疯跑、嬉闹，在场边玩捉迷藏，玩老鹰抓小鸡，玩丢沙包，玩跳绳……而我最喜欢脱下一双布鞋，把它当成"手榴弹"，抛向空中或扔向远方，然后再寻找，再扔，乐此不疲。玩"躲猫猫"的时候，那一个个麦草垛和麦摞子就成了我们最好的隐身之处，如果迟迟找不到，可以让躲藏者轻轻发个声音，然后再寻找。有一件趣事，邻居家的"大头"在躲藏时竟然不知不觉地睡着了，到吃晚饭的时候还不见人，惹得"大头"娘扯着喉咙满村子喊："噢，大头，回家吃饭啦！""谁看见我家大头了？"……

热热闹闹的打麦场也是麻雀的乐园。时而有数百只从天而降，直扑打麦场，啄食着散落在场边的粮食和草丛中的虫子，饱餐之后，仿佛有一声统一的口令，又呼的一声飞走了，落在打麦场旁边的杨树、杏树、核桃树上，朝着场上忙于打碾的人们叽叽喳喳地叫。用不了一会儿，就没影了。少顷，又飞来一群，再用同样的方式觅食，用同样的方式离开，一批接着一批。

吃过晚饭，有了夜色的打麦场，少了许多白天的喧闹，累了一天的乡亲们回家歇息了，但各家都要留下一两个人"看场"，这"看场"的目的并不是为了防小偷，而是等到晚上起风时，好第一时间叫来其他人，几个人一块借着风力"扬场"，把麦衣和麦粒分开。"看场"的几个乡亲们常常围坐在一起，一边抽着烟，一边聊收成，相互逗乐子、开玩笑，笑声在寂静的夜空中飘出很远很远。那时的我，总爱缠着父亲一起"看场"，铺上一层厚厚的麦草，躺在父亲身旁，仰望着星空，听他给我讲大集体时代关于收割打碾的趣事，听着听着，便不知不觉地进入了梦乡。如果前半夜不起风的话，"看场"的人还会利用塑料纸、麦草等，搭一个简易的"窝棚"，睡在里面等风。

偌大的打麦场，这家打碾入仓完毕，那家接着上场。这样忙碌的日子一直能持续到秋收以后。

几年之后，打麦场依然热闹，所不同的是，碾场的牲口被拖拉机所取代。我们总爱坐着那在麦草堆里飞舞的"东方红"牌铁牛拖拉机，一圈一圈地转呀转，直到被颠簸得悄然入睡，才被大人们从熟睡中抱回，轻轻地放到草垛旁。此外，我们还会央求着父母，用一块抹布把生鸡蛋包起来，放在拖拉机水箱口，借发动机不停工作时的沸水煮熟它，然后和几个小伙伴共同分享着"美味佳肴"，那种快乐，至今让人难以忘怀。

进入腊月，打工的男人、读书的娃娃、城里陪读的女人一个个都回村了。村里的社火排练也趁着这少有的人气开始了，打麦场上又开始热闹起来。直径两米大小的牛皮鼓和一尺见圆的黄铜镲子被蛮牛叔和祥祥爷侍弄着，震得通天响亮。蛮牛叔是村里的首席鼓手，两个大膀子抡圆了使劲敲，时而万马奔腾，气吞山河；时而节奏清脆，如泣似吟。村里的社火队在这震天的鼓响中，村民们自觉集中，开始排练。社火爷不光脾气火，还是社火头，每天总是第一个到场，满场子指挥吆喝，见到在他后面到的人就一通数落："满强媳妇你一天弄啥呢，就数你最慢！""你这娃是不是忙着挖牛粪呢！怎么比我这老汉还忙呢！""都冬闲了，有啥可忙的！"众人早都习惯了，见他数落自己也不生气，都哈哈一笑。

那时，社火队爱排练的是乡亲们最喜欢的剧目《张连卖布》，其意大概是本来家底殷实的农民张连，沾染赌博恶习，屡赌屡输，以致将家中田产、家什卖光，靠妻四姐儿纺织度日。一日妻子命令张连去集市卖布，架不住赌友王老八的巧言拉扯，张连赌博时将卖布钱输掉。回家妻子追问，张连油嘴滑舌，百般狡辩。四姐万般无奈，要与张连离婚，后经邻居王大妈劝阻，张连意识到赌海无边，发誓回头安心务农，正经度日，夫妻俩重归于好。不管是排练还是正式演出，邻里乡亲都特别卖力，让人百看不厌。

冬日下了雪，才是长年劳作的庄稼人少有的休闲日，连女人们也一样。生活在黄土高原上的女人，和男人一样，显得粗放大气，除了针线、一日三餐、缝补洗衣等细碎活，繁重的农活一样也不比男人少干。暖暖的太阳下就成了女人的天下。村里的大姑娘小媳妇们各自拿着小板凳，带上针线活，不约而同地来到打麦场上，或坐在麦草垛旁避风的地方，或依偎在玉米秆垛旁一个向阳的角落里，一边做针线活，一边拉家常，尽情地享受着冬日里暖暖的阳光。纳鞋底的，互相交流着针法；绣花的，互相探讨着配线；还有端着针线簸箩裁衣钉扣的、剪纸铰花的，手不停，嘴也不闲，从长辈到晚辈，从儿女到公婆，从小姑到小叔子，一个个夸赞着、抱怨着。当然，时不时还有人插上几句连男人都不敢说的荤段子，惹得其他人一阵嘻嘻哈哈，这打麦场的一角热闹得就像搭台唱戏一样。

不远处的另一个角落里，几个爷字辈的人腰里系着外腰带，两手插在袖筒里，互相寒暄着："太阳真好！""嗯，就是的，太阳真好！""啥时间开始购年货呀？"……借着太阳温暖的面子，前两天还因为一点小事干仗的两个"老小孩"，在暖洋洋的太阳下，羞答答地互相瞅了瞅对方，然后慢腾腾地走上前，说了几句暖心的话，互相把自己亲手所种的发黄的上好烟丝"孝敬"给对方，然后掏出打火机，用手遮着风，相互点着火。下棋的、打扑克的，聚在一起的人，从三皇五帝谝起，吱啦吱啦的旱烟锅子吐出那一股浓浓的烟味，什么同治贼乱地窖子里"躲回回"的事，什么海原地震"老鼠成群结队迁徙"的事，什么大旱年"吃红薯干吃多了尿不出来"的那些玄乎事，被他们捋着花白胡子全给扯了出来，我们这些小孩子听得忘乎了一切，直到被母亲一句"回家吃饭"的呼唤声惊醒。

村里要放露天电影了，打麦场自然成了首选场地。喜讯像长了翅膀一样飞来，最欣喜若狂的便是我们这群野小子和疯丫头，连十里八村、七沟八岔的乡亲们都来凑热闹，甚至还有赶七八里路来的人，这时的打麦场比赶庙会的人还多还热闹。过去的放映设备很简陋，一部放映机、一块银白色的幕布、两个音响、几箱圆盘式胶卷就够了。放映时，竖起两根木椽，把乳白色的银幕往中间一挂，在银幕前十几米的地方支一张桌子，搁好放映机，对好焦距，摆好音响。等天色暗下来的时候，随着发电机一声响，放映员打开头顶的电灯泡，扭动调试扩音器开关，两个片盘一转，就开始了。那些年我们最喜欢看的电影有《地道战》《地雷战》《闪闪的红星》《特高课在行动》《自古英雄出少年》等经典影片。

这时的打麦场上除了看露天电影的乐趣，还有一些青年就像"特务"一样，在妇女堆里钻来窜去，搞起了"地下活动"。躲在暗处个别心急如焚的小伙子，开始向"恋爱目标"靠拢。平日里不敢放肆的恋人，在黑暗里偷偷地握住了对方的手，默默的一股电流，传递着潜藏的话语，但目光还正视着银幕，装腔作势，银幕在演什么，恐怕谁也说不清。一盘放完了，灯一亮，放映员开始换片子。小伙子一下抽回手，直立放松，又在焦急地等待关灯。

"媒婆婆，吃得嘴皮油火火。"当然，利用打麦场上看露天电影的机会，"油嘴滑舌"的媒婆婆们也不失时机地挤在一起，你一言我一语，互相交流着说媒拉纤的话："小伙子踏实着吗？能吃下苦不？""外女子贤惠着吗？针线茶饭怎么样？眼睛高不高？""就这样说定了，咱们初四集上让两个娃们接个准心！"……

这些年，随着农业机械化程度越来越高，乡亲们的生活越来越好，打麦场没有以前热闹了，曾经的欢声笑语，曾经魅力无限的打麦场，仅留下美好的回忆。但生活在村庄里的乡亲们像丢了魂一样。

村庄里的打麦场像人一样，也有记忆。

村庄里生活的人用语言和文字来表达这种记忆，而打麦场不语，它们通过人的语言来认识、理解和记忆曾经发生的一切。

有人说，在村庄里，窑洞是村庄之魂。而在乡亲们的口中，时常流传的一句话却是："种地没有场，好似小孩没有娘。"我说，打麦场才是村庄之魂。

醉美屯字塬

　　地处黄河中游，身在茹河两岸的镇原，人们不习惯把家乡那个小镇直接按地名叫屯字镇、临泾镇、平泉镇、新城镇，通常都会抹掉乡、镇两个字，在后面加上"塬"字，称屯字塬、临泾塬、平泉塬、新城塬……不光因为"塬"是西北黄土高原地区因雨水冲刷形成的四边陡、顶上平的高地，这样称呼更形象更顺口；还因为这样称呼的背后，有人们对身处黄土高原深处的一种深沉的呐喊，还有人们对哺育自己成长的这片黄土高原含着深沉的眷恋和无限热爱之情……

　　屯字塬在我的眼里是一个再寻常不过，却又时常挂在嘴边的名字。因为工作生活的缘故，我曾无数次到过屯字镇，这样也就有机会，近距离感受屯字塬的春夏和秋冬。三月的屯字塬，从一阵和煦的春风和清澈明快的溪水响动中醒来，似一个沉睡了一冬的老农，在大地的静谧寂静和睡眼惺忪中张了张臂膀，伸了伸懒腰，发出一两声隆隆的吼声之后，便精神饱满地匆忙投入季节的怀抱，开始紧张劳作。

135

这个季节，立身屯字塬，"入河沟仰视，是山无疑，可登上山坡，极目却是一马平川"，映入眼帘的绝对是一种震撼。笔直笔直的路，看不见尽头，视线的终点是一条长长的地平线，最终会停留在土黄色的原野上。在每个角角落落，细细聆听，那些被封存在地里、打压了一冬的湿气，已经开始不管不顾地往上冒，嗞嗞、咽咽，每一声都是一枚跳动的音符，每一声都叫响一个春天，每一声都在不经意间撞击着土塬的寒意。暖风拂过的地皮子上已略显松散、酥酥，泛着一层干黄，用手轻轻抹开这层干黄土，湿润带墒的黄土层下一定会有一些新芽在悄悄露头，它们可谓是屯字塬上报春的精灵。这些富有生命力的嫩芽，不声不响地躲在地皮下面，从冬天就开始孕育，在春天面前毫不羞涩地展示着自己的身段，争着要和田里的其它精灵比一比速度。沐浴着初春的光和热，它们会嗖嗖地往高蹿，如果你留意了的话，只间隔一夜时间，就能让你大吃一惊，它们的身段比起昨日竟是那样袅娜妩媚，俊俏成新娘般的模样，含情脉脉，一脸娇羞。

"早上惊了蛰，午时拿犁别。"很快又是一年春暖花开，迎着早春的阳光和冬小麦闪耀着的绿意，屯字塬上勤快的农人，早早就走出户外，感受着春天的气息。勤于农事的塬上人，从远古的祖先们开始，就已懂得"赶早不赶晚"的简单道理，每一个人都在奔波，每一把农具都在挥动，每一个身影都在忙碌，每一个人都在春天这个大舞台上，尽情展示着最美的姿势。他们或在田间地头挥汗如雨，或在梁峁、坡岭上的苹果园里修剪、刮翘皮、刮腐烂，个个脸上洋溢着喜悦，似乎不远处就是希望，似乎已经嗅到了馨香的味道，看见了丰收的金秋硕果累累，仰视着红彤彤的苹果染红了屯字塬上的蓝天……

　　放眼屯字塬，南来的燕子逐渐多了起来。婆婆娑娑的杏树柳树林、躁动着的农家小院、街道旁的林荫里都有燕子的身姿，它们肆意地盘旋着、游弋着，到处都有。冷不防，它们会灵巧敏捷地在你眼前一闪而过，随即直飞上蓝天，留下一串喊喊喳喳的叫声，轻盈地在塬上回荡。举目四望，竟然新奇地发现，这初春的屯字塬似乎变了模样，会更加令人神往，岂止是平日里的单调模样，简直就是一块硕大无边的以土黄色为主的彩色画板，抑或是平直无垠的有机玻璃，一簇簇村落农家，点点滴滴地散落其上；一片片返青的庄稼，纵横交错地散布其上。绿的是地皮和田里的冬小麦，黄的是嫩嫩的新芽和待耕种的土地，白的是山坡上的羊群，诸如村庄田地等物，在屯字塬宽博的胸襟里又显得那样渺小。低头细想，这时的绿应该用麻绿形容更为贴切些，因为农谚里说"一九生一芽，九九遍地麻"。

　　"春雨贵如油"，我想，这个时候，连绵不绝的屯字塬，这凄清桀庆、缺雨干旱的黄土大塬，一定在渴望一场春雨。如果雨来得及时，憨实的塬上人个个都会觉得激动、悲壮中带着苦累和汗渍普天同庆。因为北方的春雨有一种让人缠绵的味道，从雨的酝酿到雨的欲坠，再到轻轻飘落，一定都会给人留下深刻的记忆。

　　"春已归来，看美人头上，袅袅春幡。"此刻，独立屯字塬，面对着风、芽、树、雨、耕等春天的生机，还有沟壑、低峁、陡崖、嵘峴、宽坳等，这些几乎浓缩了大自然应有的全部景观的时候，我感觉得到：屯字塬和春天像一对恋人，正挽着胳膊，一起走向春暖花开。情愫奔涌，穿过感情的迷雾，我该睡眼蒙眬地对着雄浑的屯字塬来表达我满目的诗意：醉美屯字塬！

农庄里的声音

自从看到《陇东报》"北地风"副刊开设了"一点庆阳"这个栏目，我就在猜想"一点庆阳"的意思：是指庆阳的某一个地方呢？还是有其他特殊的含义？

一个周末，陇东报"一点庆阳"栏目组走进了太一农庄，让我们亲近自然、了解自然、感知农庄里的一草一木。那淡淡的凉风、弯弯的小路、飞流的瀑布、含笑的紫薇花、饱满的向日葵、郁郁葱葱的树木、五颜六色的菜园、高高低低的鸟鸣、风云际会的虫叫、冬暖夏凉的窑洞，顿时让人觉得这里果实累累，秋意已掠过额头，沾上指尖。

"立秋有三候"：初候，凉风至；二候，白露降；三候，寒蝉鸣。大地，已经褪去了往日的酷热，换上了初秋的凉爽。一路上，那些高高低低的树木，争相展露着身姿，给大地和农庄带来了清洁、新鲜。这时，吹过脸旁的风是刚立了秋带着丝丝凉意的秋风；太阳已没有盛夏的炎热，是懒洋洋的秋阳。

黄土高原上，有窑洞的地方一般都离沟畔不远。农庄里同样有条沟，叫张铁沟。可以说，我对有沟的地方情有独钟。小时候，离我家崖畔的窑洞不远处也有条沟，叫刘家沟。村庄的秋天，到处都洋溢着成熟的味道，土豆、玉米、毛豆等庄稼争相吸引人的眼球。一个个秋日的午后，我经常约几个小伙伴，迅速地分好工：谁回家拿旧报纸，谁准备土豆、玉米、毛豆，谁找瓦罐，谁拾柴火。然后定好集合时间，到刘家沟的沟底找个避风、干燥、平坦的地方，烧锅锅灶、烤土豆、烤玉米、煮毛豆、玩泥巴，直到吃饱玩累了，才灰头土脸地回家。

眼前的张铁沟沟底，虽然也平坦，少了儿时的瓦罐和毛豆，却多了几张古色古香的桌椅，和周围的环境相得益彰；那条展开的"陇东报一点庆阳太一农庄文学采风暨朗诵活动"的横幅，格外鲜艳夺目；静静的小桥流水，等待着人们驻足联想；挺拔的树木，越发显得精神；偶尔飘下的几片秋风中的落叶，是那样好看，让人忍不住拿起手机，拍下它们的神奇……

还有，我们这群热爱文学、热爱朗诵、热爱摄影的人聚集在一起，把火热的心情、优美的声音和发现美的镜头带给农庄，带给大地，传给沟底的每一个精灵。屏住呼吸，用心聆听来自沟的各种美妙的声音，它们似乎就像大河奔涌而来，眼前的朗诵声却小了。我在想：我们这些来自远方的客人，会不会惊扰沟底的诸多精灵，如轻轻的风、挺拔的树木、流淌的溪流、乘凉的亭子、顽强的小草、成熟的野果、翩翩起舞的蝴蝶、不知名的虫子等，我们怎样才能融入它们生活的家园？沟底的这些精灵，它们是不是也能听懂我们每一个人的心声？

啾啾、唧唧、喳喳、咕咕、啁啁、呱呱、吱吱、嗡嗡、嘤嘤、嘟嘟、嘶嘶，当这些声音在凉风中不绝于耳的时候，我感到了一种前所未有的舒适。看来，许多精灵也是不甘寂寞的，它们在大声地和人类交流着感情。还有，那些偷偷贴在枝丫上的蝉，不失时机地发出"吱—呜，吱—呜"的声音来凑热闹，让人觉得它们是在和人比噪音、比诵读，它们是不是也捧起了眼前的这本《风吹过村庄》，爱不释手，忘情地朗诵起来呢？

一半孤独，一半洒脱

前几天，去相距四百多公里的一个城市办事，顺便看望了好友老李，老李退休前是铁路工人。

我这个不速之客突然来访，看得出老李的兴奋之情溢于言表。这些年，老李两口子一直独居。他们唯一的儿子是个音乐领域从业者，从上大学到后来参加工作，一直远在千里之外的南方。因相距甚远，最近几年，儿子儿媳妇带着孙子只在每年过年的时候才回来一趟。前些年，老两口还偶尔来一次远行，在儿子那小住几日。可现如今，老两口年龄越来越大了，出门坐车极不方便，想孙子和儿子的日子就拿出手机，一遍又一遍地翻看朋友圈的视频和照片。每当看着别的老人高高兴兴地带着孙子游玩，老两口就怎么也迈不动步子了，必定会上前抱着孩子亲昵一番，那种幸福感就像抱着自己的孙子一样。

记得有一首歌《当我们老了》："我把手悄悄放在你肩上，你的眼神默默注视着夕阳，我追随你目光，看到岁月的流淌，不知不觉我们已白发苍苍……"从言谈举止中，我能强烈地觉察到老李夫妇晚年生活中透出的孤独，于是禁不住想入非非，我们都会有老去的那一天，是不是也会像老李一样孤独？亲人都不在身边时，是不是越老就越会觉得孤独呢？

凌晨时分，睡梦中的我被手机闹钟惊醒，一看表，才五点。不一会儿，老李来到床前，嚷嚷着要带我爬山，还说这已经成为他的习惯，如果哪天突然不活动了，他会感到浑身不自在，一整天都会没精神。我极不情愿又懒洋洋地在床上赖了会儿，估摸着老李洗漱完毕了，才穿衣起床。等我也洗漱完毕时，老李却已热好了面包和牛奶，津津有味地吃着，我可没这个点吃早餐的习惯。

六点多天刚蒙蒙亮的时候，我们出门了。沿着一条弯弯曲曲的小路，欣赏着山上郁郁葱葱的树木，呼吸着新鲜空气，在曼妙的薄雾中向山顶进发，老李不知何时还拿了个收音机，边走边听新闻，他矫健的身影始终抢在我前面，时不时地回过头和我讨论一下。

大约四十多分钟后，我气喘吁吁地跟着老李终于到达山顶。老李让我先歇一会儿，而他则找了一块平地，在"山丹丹开花红艳艳""黄梅戏"等富有节奏的音乐中跳起了舞蹈，我看着老李笨拙的舞姿，心里偷偷发笑，"老不正经"一词用在他身上再合适不过了，并且把这定义为"一个人的广场舞"。

跳了约摸二十分钟，老李在大汗淋漓中停下了，并从怀中掏出了早已准备好的两块塑料布，我们并排坐着聊天。进一步得知，自退休以来，他一直坚持每天五点钟早起晨练，山路上的四十多分钟是不能让他尽兴的，所以才自创了这"舞蹈"，只有最后这二十多分钟的蹦跶才能让他畅快尽兴，还说舞姿不好，让我别笑话他，我顿时有点明白了。

在回去的大巴车上，音响里播放着崔京浩的《父亲》："等我长大后，山里孩子往外走，想儿时一封家书千里写叮嘱，盼儿归一袋闷烟满天数星斗，都说养儿能防老，可儿山高水远他乡留……"我陷入了深思：去年从部队转业后，我就很少锻炼，以前养成的好习惯都丢了，我不禁为自己先前的想法感到羞愧。老李的晚年生活，儿子不在身边陪伴，最起码有一半的孤独；但他每天一个人坚持爬山锻炼，一个人跳"广场舞"，那是一种置身自然的心境和颐养天年的闲情逸致，另一半则是洒脱。

子午岭行记

当坐着"穿行子午岭"采风的大巴车，和庆阳其他作家、摄影家穿行华池、合水、宁县、正宁四个县城，行走在这片地处黄土高原中部，面积最大、保存最完整、最具代表性的次森林的时候，主脊长达250多公里的茫茫子午岭，我也许并没有进入它的记忆，但它却早已走入我的记忆中。

大巴车经过合水太白镇陕甘红军纪念馆，朝东华池林场行进的时候，我呼吸着清新温润的空气，觉得自己犹如走进了一条绿色长廊，天蓝、地绿、水秀，让人感受到一种别样的惬意和舒坦；我看见道路两旁错落有致的子午岭山脉上，那些郁郁葱葱的森林，越发地挺拔、精神，傲视群雄地屹立在黄土大塬上；我听见初秋的葫芦河水，发出愉快的声音，似乎在尽情地欢迎着我们。

在东华池林场，这里的生态变好了，气候宜人了，雨水增多了，风沙变小了……这里的绿水青山已经变成了一座金山银山和天然氧吧，造福着一代又一代人；这里风光旖旎，春夏满山披绿，入秋万山红遍，冬季银装素裹，壮观的景色吸引了多少人驻足回望。这里密密麻麻的树林中，那些生长了百年之久的白桦、银杏、桑树、白杨、白蜡、漆树、松树、枫树等，还有一些我叫不出名字的树木，它们立在天地间，无疑就像一个个时光老人，静静地诉说着一个个动人的故事。难怪清代李渔在《闲情偶记》中写草木一章时用《种植部·木本第一》作为标题，开篇就写道："草木之种类极杂，而别其大较有三，木本、藤本、草本是也。"今天的我们，谁敢说树木没有语言？谁敢说树木没有生命？谁敢说树木没有情怀？它们的形状、颜色、纹理就是最无声的语言！它们的高度、挺拔、伟岸就是旺盛的生命！

管护站，森林深处的"守望者"；护林员，大山深处的"孤独者"。在合水县连家砭林场塔儿湾等森林资源管护站，我看见戴着红袖标的护林员，管护站成了他们永久的"哨所"，瞭望台就是他们坚守的"哨位"，林木就是他们最亲密的"战友"，他们像极了一个个解放军战士，长年累月地坚守在自己的岗位上，时刻警惕地注视着森林深处的火情，日复一日、年复一年地过着这样单调而枯燥的日子。这时，我脑海里突然闪现出一个疑问：被人们亲切地称为"林一代""林二代""林三代"的他们，是如何度过每一天的呢？当看到管护站门前的菜地里，那些半红半绿的辣椒、娇艳欲滴的西红柿、肥嘟嘟胖乎乎的茄子和攀爬疯长的豆角时，我明白了；当看到瞭望塔里，那些陈列的甘草、桑树、臭椿、油松、红叶李、漆树、白蜡树等植物标本时，我明白了；当看到林场苗圃里那些一年生、二年生、三年生的油松、云杉、新疆杨、柳树、沙棘、刺槐等小树苗时，我明白了。到这里，我不由地肃然起敬：正是"扎根林区、以场为家、爱岗敬业、默默奉献"的子午岭精神，让"林一代"们身后背着娃和锅灶也要植树，让"林二代"们子承父业奉献青春，让"林三代"们前赴后继耐得住寂寞、守得住青山。每名护林员心里都有本账，林场里的事，恐怕只有他们自己最清楚。我是否可以这样说，他们的每一天过得充实，他们的功绩大山作证，他们的誓言默默无闻，他们的汗水不会白流，他们的行动让后人评说。

"近水知鱼性，近山知鸟音。"在宁县罗山府林场，我听到了只有林区才有的鸟叫和虫鸣。因为，这种鸟叫和虫鸣声，听起来实实在在的，仿佛就在眼前，却着实看不到鸟和虫的踪影；因为，这分明是在开一场盛大的音乐会，不同的叫声有不同的韵律，我分不清这些连续的鸣叫声是鸟叫追赶着虫鸣，还是虫鸣尾随着鸟叫；还因为，这种啾啾、唧唧、喳喳、咕咕、唰唰、呱呱的鸟叫声和吱吱、嗡嗡、嘤嘤、嘟嘟、嘶嘶的虫鸣声，一阵一阵的似有似无，这是一种经过山林过滤，早已融入山林之中的声音。这种声音如果用心去聆听，它不会让人觉得刺耳，反而会感受到一种听觉上的舒适。"立秋有三候"：初候，凉风至；二候，白露降；三候，寒蝉鸣。在这秋高气爽的季节，蝉贴在枝丫上，亮着低沉的金嗓子，不失时机地发出"吱—呜，吱—呜"的长音来凑热闹，此起彼伏的鸣叫声，像海浪轻轻拍打着礁石，撞击着人们的心海，让人禁不住探寻这其中的奥秘。我想：定是几只雄蝉在为争夺一只漂亮的雌蝉而在大胆地表白，于是便轻声吟起了虞世南的《蝉》："垂缕饮清露，流响出疏桐。居高声自远，非是藉秋风。"

"秦直道"，这条横亘在陕西和甘肃交界的子午岭上，若隐若现地鲜为人知的古建筑，被人们俗称为"皇上路""圣人条""直道"，曾是秦王朝修筑的一条咸阳通往北方河套地区的军事要道，在防御匈奴族和北方少数族奴隶主入侵中原具有重要的军事战略地位。沿着这条古道，我看见子午岭上那些神奇的山势，这里一定藏着隐秘，远远望去，定会让人浮想联翩。是古代的城堡？是点燃狼烟的烽火台？还是其他隐秘的建筑？当更多的人沉迷和惊叹这一历史奇迹的时候，我却读到了一些沧桑和凄凉。有谁知道，在正宁县调令关、秦一号兵站、兵马巡检司，秦始皇命蒙恬率军队和民夫修筑这条车马大道的时候，曾经毁林开路、堑山堙谷。我猜想，这里曾经演绎过无数悲壮动人的故事，修筑这条"高速公路"的过程中，一定伴随着天怒和人怨，古时的他们"用林铺道""以林建殿"，而今的我们却是"爱护看管""以林养人"。抬眼凝望处，云林相接，整个尘世都变得缥缈，子午岭却更加显得雄奇俊美、云遮雾绕，而秦始皇、蒙恬都已淹没在历史的长河中。

相遇是一首感动的歌，歌手是你和我——我知道，子午岭的秘密和魅力是写不尽唱不完的。

归程一觉醒来，看巍巍群山、林海茫茫、松涛阵阵。是日清晨，当你信步踩在厚厚的落叶上沙沙作响，当树丛中草尖上的露珠在阳光下闪闪发光，当你的额头掠过微微湿凉之意的时候，你或许会觉得，此刻的子午岭和昨日相比，却别有一番滋味和深沉悠长的意蕴在心头，会忍不住从心底发出这样的感慨："人间仙境何处寻，最美不过子午岭。"抑或"一年好景君须记，最是子午留记忆。"

"苦甲"褪"甜味"来

水，是生命之源，更关乎一方百姓的生存与发展。

翻开旧《环县志》，书里赫然记载着"山童水劣，世罕渔樵，风高土燥，秋早春迟"的字眼，让人脑海里顿时涌现出许多诸如不毛之地、穷山恶水、荒山野岭、破败不堪、荒芜苍凉等词语，仿佛大自然在这里只留下了两个字：干旱。

如果不是多次踏上这片土地，我也许会被连绵的大山、单独成林的树木所表现出来的那种假象所迷惑；如果不是熟悉和亲近这里，我真的难以想象：这样一个地处毛乌素沙漠边缘，统领着游牧文明与农耕文明的地方；一个毛泽东、周恩来、朱德等老一辈无产阶级革命家指挥的著名的山城堡战役，胜利结束红军长征的地方；一个因羊羔肉、黄米酒、荞剁面、燕面柔柔等地方小吃风味独特，闻名遐迩的"中国小杂粮之乡"；一个被列为"国家级羊产业集群县、省级现代农业产业园"的地方……过去竟是那样缺水。就连发源于黄土高原一隅、惊艳全国乃至世界的道情，都不乏像《十八姐担水》等反映人们日常生活的曲目；内涵丰

148

富，质朴自然，独具风格，自成体系的环县唢呐曲中，流传着像《担水》《慢担水》《背宫担水》这样的曲牌就不足为奇了。

干旱是当地经济社会发展和人民生活水平提高的最大制约。因为干旱，人们形象地把这里称为"旱塬"。据说，旱塬上没有地下水，可供人畜饮用的水源只有两个：一个是天，另一个是河和泉。但是，自然界的任何事物都不是孤立地存在，水也一样，人们真正的水源只有一个，那就是让人神秘莫测、顶礼膜拜的"天"。天上不下雨，地上的河和泉又从哪来水呢？

也许，在人们的潜意识里，黄土高原上有沟的地方就有泉眼。旱塬虽多沟，但沟底的清泉溪流却出奇般地少，沟大多是干沟，少得可怜的山泉水变成了难以入口的苦水，甚至是含有大量对人体有害矿物质的"毒水"。1935年，红军长征经过环县时，就因误饮山间"毒水"而发生过红军战士集体中毒死亡的惨痛事件。

在这里，"吃饭靠天、吃水望云""山高水远、唾沫洗脸"成了茶余饭后的口头禅，这虽有夸大其词之嫌，但却说明了缺水是真的。人们想水、盼水，连给小孩起名都跟水字相连，什么望水、得水，旺泉、小泉等等。每遇下雨迹象，人们自发地敲锣打鼓，祈求普降甘霖或冰雹等极端天气不要降临这片土地，那种古老的"告天祈雨"仪式只不过是人们自求解脱的一种心理安慰和一种无可奈何罢了。

一

有人说，在环县栽成一棵树，比养活一个孩子都难。说到底，都是因为这里天干风沙大，多灾缺水，由恶劣的生态环境所造成的。人们饮水的困难，任凭没到过这里的任何一个人，怎么发挥丰富的想象力，都无法体会这种艰辛。多少代多少人，对水都有着刻骨铭心的记忆。

据载，北宋范仲淹驻防环庆路时，为解决驻兵饮水问题，于县城北关附近掘有一眼泉，传说此泉水丰味甘，千人万马饮而不竭。泉不知毁于何时，但《范公廉泉》残碑今尚存。

1936年11月，红军胜利会师后，在山城堡打了长征路上的最后一仗——山城堡战役。当红军进入这里时，因河水苦咸而无法饮用，水源成了部队战斗力的一部分。后来，在当地群众的引导下，山城乡李井子的一眼甜水泉，也是方圆十多公里的村庄饮水的唯一来源，成了红军的救命水。战斗胜利后，这眼泉被当地群众亲切地称为"红军泉"。

有一次文学采风间隙，我和当地一个念过高中的中年人闲聊，当说起水的时候，他给我讲了一个意味深长的故事：教了一辈子书的先生爷快咽气的时候，给围坐在床前的亲人只提了一个要求，就是想喝一口山泉水。儿孙们赶紧接了一缸子自来水，让老先生品尝。老先生嘴唇刚沾着水边，就怒目圆睁："你们……你们这帮……不肖子孙！"于是，大儿子赶紧打发二儿子去沟里提水。老先生苦熬了几个时辰，二儿子才上气不接下气地将大约5升的一塑料壶水提回家。一小缸子新鲜甘甜的泉水入口，老先生忽然眼前一亮，让人们扶着坐了起来，说："再舀一马勺来"。老先生回光返照，竟兴奋得一口气把马勺里的水喝了个精光，末了还不忘抹一把嘴。正当周围的家人松了一口气的时候，老先生脸上挂着微笑，走了。

……

古往今来，发生在这片土地上，与水有关的故事说不尽也道不完。

二

曾经有很长一段时间，河、山泉一直是人们用水的依赖，担水、驮水成了生活在这片土地上的人们必备的生存本领。每天天刚蒙蒙亮，启明星高悬在天空闪烁，小孩子还在被窝里垂涎酣睡的时候，这里的川道、塬上、山沟里，早已响起呐喊声、水桶碰撞声、扁担吱呀声、赶牲口吆喝声、鞭子声、铃铛声等，这些声音混杂在一起，宛然奏响了一曲山村交响乐。

担着水桶、抬着水桶、赶着牲口载着大驮桶的男女老少，结伴走在一起，时而嘴里哼着道情戏，时而家长里短地聊个不停，脚下蜿蜒盘旋的山路，不知不觉成了人们传播信息最重要的平台。他们目标一致地往河、山泉等有水的地方凑，来来回回地在山路上穿梭着，就像军情紧急的队伍负重开拔一样。

离河、山泉近些的人家，一个早晨肩挑或牲口驮，往返两三个来回不成问题，但塬上和离得远的人家可就不那么方便了，没有半天工夫是不行的。有时候，即使翻过几架山、走过几道沟，浪费了大半天时间，或担或驮回浑浊的泥水也是常有的事。

担水是个体力活，也是个技术活；既考验人的意志，也磨炼人的性子。急性子的青年人小步快跑，把崎岖不平的山路走得犹如平地一般；慢性子的人不紧不慢，晃晃悠悠，遇到个平坦的地方，会把两只桶放在地上，中间间隔一根扁担的距离，然后把扁担搁在水桶上，一屁股坐在扁担上，擦擦汗、松松筋骨、抽一锅烟，笑嘻嘻地看着来来回回忙碌的身影；如果路上遇见一两个新面孔，定会被人们议论纷纷，那肯定是谁家的新女婿或是新外甥来到村里串亲戚，顺便给老丈人或是舅舅家帮衬来了；村里一些皮肤黝黑的老者，担着满满两桶水，漫不经心地走着，两只水桶一前一后有节奏地摆动，他们手不用扶，任山路再颠，桶里的水一点不会往外洒；更有一些青壮年"能人"，可以一边快步走，一边通过脖后颈直接把扁担换到另一侧肩膀上。

驮水有牲畜出力，比起用肩膀担水相对轻松一点。但赶牲口却是个技术活，什么"避让""会车""拐弯"等窍门，生活在这里的男女老少们早早都学会了。好不容易到了泉眼边，大人个子高，用马勺往驮桶里灌水容易点，这对小孩子却是一种考验。驮桶虽大，进水口却比较小，灌得慢。于是，小孩子们形象地把这种灌水的过程称为"进站"。灌水的时候也要防止发生意外，泉眼边往往会有一大摊深而滑的"烂泥"，不光人容易陷进去，牲口也一样。如果牲口陷进去，越挣扎就越陷得深，得叫七八个人帮忙才能抬出来。所以，有经验的人驮水一般都会带个铁锹。一旦有危险，这铁锹既可以翻烂泥，又可以取土垫脚。

担水、驮水的路上所包含的那种艰辛是没有经历过的人无法想象和体会的。等水、守水、寻水、抢水绝不是稀罕事，有时也会发生因抢水而打架的事，不得不由村里有名望的人或干部出面协调方才作罢。

当地有"宁给一块馍，不给一碗水"的说法，这倒不是人们吝啬刻薄，实在是这里的水太来之不易了。每户人家中至少有三口缸：一口装河水、泉水，一口装雨水，剩下一口装洗脸水。河水、泉水用来做饭；雨水用来洗衣服、洗头、洗脸，供牲畜饮用；洗脸水沉淀后，要么用来喂牲口、和泥，要么作他用。

三

这里的人时刻都与命运抗争着。他们想出许多法子，寻找、储存那些比金子还要贵重的生命之水。这里的一年四季，春夏秋冬，滴滴雨水，片片雪花，都是珍贵无比的。一场春雨，锅、碗、瓢、盆都成了储水的器具。倘若来一场大雪，所有家庭成员齐动手，扫的扫、推的推、端的端，把水缸、桶、罐子、水槽等都装满，待融化后饮用。

聚水成池是老祖宗留下来的蓄水方式。起初，人们只会在地上挖个深一米左右，或大或小、或圆或方的坑，积满雨水，澄清后随处可用；扩而为池，天干时可供较长时间之需，人畜共用，这就是涝池。

后来，有了涝池做基础，人们继续推陈出新，挖了水窖。窖，山里人又叫它"旱井"，一般选在距庄院较近、地势低洼的地方。先挖一个笔直的坑，再分径庭，向周围掘进。大约十几米深，有的呈圆柱形，有的呈葫芦形，还有的呈方形和不规则的圆形。也有靠崖壁挖出来的窑窖。挖窑窖不是件容易事，两三个劳力，没有一两个月的工夫是挖不成的。即使挖成了一口窖，因为渗水和塌方，修修补补的活还在后头。

为防渗漏，后来不知是谁，受到沟底溪水的启发，发明了"黄胶泥窖"。挖好窖的雏形，到沟底的溪水旁，人担驴驮，运回几筐湿黄胶泥，倒在院中暴晒几日，等干透了，就套上牲口和碌磉，碾细过筛，加适量水重新和成胶泥，在窖壁上每隔3—4寸，一层一层挖五六寸深的洞眼，把红胶泥捏成棒塞进去，未挖洞眼的窖壁用红胶泥饼糊严实。这样，一口不太渗漏的窖才算大功告成。窖只要能蓄上雨水、雪水，进去多少，就能容纳多少。这种方法也被形象地称为"钉窖"。

水窖里的水存储时间较长，比涝池里的水干净卫生些。但随着一场大雨，诸如木材、干草、麦衣、秸秆、泥土等污秽物也会流进窖里，这是很无奈的，水缺到如此地步，谁又能顾及这些呢，总比没有强，凑合着用吧！

也许是因为挖一口窖费时费力，这口窖，一般会被主人看得很紧：一定会在窖口上盖一块木板，在窖旁砸一根钢钎，用铁链把木板和钢钎连接在一起，最后再上一把锁；或者干脆在水窖旁搭个简易狗窝，拴上一只狗。门可以不锁，可以不用狗看；箱柜也可以不锁，但水窖却一定得上锁，一定得狗看。

四

生活在这里的人，世世代代、祖祖辈辈都在坚韧地抗争着，为适应环境、改变命运而不懈努力，他们从来没有想过要逃离这块热土，就像儿子忠实于丑母一样，守护着脚下的沟、塬、峁、梁，日复一日、年复一年的抛洒着汗水。

比窖更优越的应该算是"土井"或"机井"了。井通地下水，清洁甘甜，安全卫生，可以说是取之不尽、用之不竭。

早在解放之初，村子里一些有热情的人就自发地组织过打"土井"，因为缺少勘探技术，打出来的井十有八九不出水。

154

　　改革开放后不久，正是环县大地种植烤烟的鼎盛时期，那些泛着金光的"黄金叶"，让许多人都从中受益，过上了好日子。但是，烤烟育苗需要大量的水，一下子，水就成了令人头疼的事。于是，政府成立了打井队，陆续在塬面上打深井，用电机和水泵把地下水抽到地面上来，一眼又一眼机井喷吐出清澈甘冽之水。机井的数量有所增加，被抽上来的水可以储存在密封的蓄水池里，周围村子里的人用肩挑、用架子车装上大水桶拉，方便了许多，塬上的人陆续结束了下沟挑水、驮水的历史。

　　但打机井受条件限制太多，不是随便哪个地方都能打出水来的。即使有水，若遇太厚的岩石层，则无法掘透；土质松软，砂粒块石，却容易塌陷；干土层过厚，挖到百米左右，劳作时会沉闷窒息，上土上水难上加难……于是，塬上的村子，好几家共用一井，只不过大家取水的距离不同罢了。这对居住在偏远山区的人来说，地形条件受限，饮水的方式变化并不大，单就全县来讲，机井的数量还是有限，满足不了所有人的用水需求。

　　后来，在政府的大力支持和倡导下，一些地方还实施了"上水工程"，就是想办法利用乡村通电的电力资源，把附近一些水资源丰富的深沟水和河水逐级用泵抽到缺水的地方，修建蓄水池，设立供水点，定时供给人畜饮用。此外，多余的水资源还可用来浇灌果园、蔬菜等经济作物，增加收入。

五

　　面对严重的干旱缺水，环县人并没有因此而止步不前。困难只是暂时的，它从来就挡不住奋斗者的步伐。政府在想办法，民众在摸索、探寻,他们都在顽强地抗争着、奋斗着。只有靠群众的智慧和力量,才能一次次战胜艰难险阻,绕过山穷水尽,迎来柳暗花明。

"要想富,田间地头修水库。"这是政府的号召,更是广大民众的呼声。人们清楚地记得,总投资 12 万元,首次在山城乡建成的苦水淡化站曾经缓解了周围两千多人的饮水困难。

九十年代后期,面对自然灾害和干旱的严峻形势,政府增强了投入,先后实施了"两西"建设、"老区"建设及扶贫、以工代赈、人饮专项、扬黄一期工程、小型水利灌溉工程、"121"雨水集流工程、"大地之爱·母亲水窖"项目等水利建设,成了旱塬节水蓄水的一些重大创举。山城乡薛塬、郝掌两村的 313 户群众就是"大地之爱·母亲水窖"项目的最初受益者。

天上水、地表水、地下水三水齐用,蓄、引、提并举,以蓄为主;国家、集体、个人多渠道投资,远抓大开源,近抓小节流,化整为零,兴水到户,遍地开花。山区打水泥窖截蓄天上水,川区打大口井提出地表水,塬面打小井提取地下水,公路沿线打水泥窖截蓄路面水。除政府投资的重大水利项目外,倡导群众自己打成的水泥窖、小电井、土窖、土井等,都能享受政府补贴。

在各级的大力关注和支持下,这里的饮水状况不断好转,家家户户都建成一个 100 平方米的雨水集流场和两口 30 立方米的水泥窖。人饮工程的设施基本解决了环县人的饮水难题。

再后来,通过实施雨水集流场窖、蓄水池等项目,用好天上水;通过扬黄工程,引进外来水;通过实施机井、小电井等项目,用好地下水;通过安装净化设备,净化不符合人饮标准的地下水。

据不完全统计，仅2017年，全县共有9.16万眼水窖，6.21万处雨水集流场，2671眼小电井，小型供水工程34处。同时，先后实施了环县川区四乡镇及虎洞、车道、毛井、甜水堡、南湫等7处扬黄管网延伸农村饮水安全工程，不断扩大扬黄工程覆盖范围。2017年底，扬黄供水工程覆盖全县16个乡镇的92个行政村，直接受益人口为21.8万人，全县4.2万户农村居民已经通过实施扬黄工程、机井等项目，实现了自来水入户。洪德、环城、木钵、曲子公路沿线和北部所有乡镇公路沿线村组通自来水，在输水沿线村庄、街道和塬区相对居住集中的区域，配套建设了进村入户管网工程。扬黄工程的实施，兴建了许多小型水库，安装了配套淡化设备，使周围的部分群众已经实现了自来水入户，一拧龙头，水就到了缸里。

现如今，人们已经摆脱了缺水的困境。当看到那一张张笑脸和喜人变化的时候，你的心里必定会荡起诸多感慨。难怪一位年过八旬、既不能拉也不能推架子车的老大爷，到农村时执意要孙子陪着他一趟趟拉水；到了城里，又兴奋地盯着水龙头出神。他说，这是在看"世事"，还说自己很幸运，赶上了变担水、驮水为接水、拉水，最后用上了水龙头的好时光、好世道。

六

"苦甲之地"的旱塬"解了渴"，真可谓"三十年河东，三十年河西。"与时间对坐，我想，潺潺流淌的环江水，一定如实地记录下了这些变化。漫步环江边，伫立横跨环江的桥面，看着水

157

底沉默不语的石头，屏息细听，周围的环境一下子清静了许多。

此时的我仿佛身处历史的烟云深入，正洞悉着环县大地上曾经发生过的一切：一边是山川秀美、瓜果飘香、产业兴旺、环境优美的生态宜居之地，羊产业正赋能乡村振兴，人们唱着《环县羊跑出了山沟沟》《唱起羊歌走环县》的羊歌，高高兴兴地发着"羊"财，全面致富奔小康，日子越过越红火！另一边是徐徐展开的波澜壮阔的画卷，生生不息的环县人从挑水、驮水到打窖，再到打"土井"、打"机井"，最后到打小电井、扬黄工程、用上自来水……

为了水，环县人从来都没有停止过奋斗。可以说，环县人的吃水史是一部含泪审视、感慨万千、荡气回肠的苦难史，更是一部坚忍不拔、勇于进取、改变命运的奋斗史。

"艰难困苦，玉汝于成。"有道是"'苦甲'褪'甜味'来"。我坚信：环县人这部吃水的厚重史必将激励着生活在这片土地上的人们接续奋斗！

云中谁寄"兰妃"来

今年四月的一天，我收到一份快递，起初以为是媳妇网购的东西，就没太当回事。等拿到手一看，单号上显示的信息却是：山东潍坊战友成亮寄给我的。我对成亮再熟悉不过了，我们是同一所军校同一个学员队睡过上下铺的战友，毕业的时候，我们又分配到了同一个部队。2017 年年底，由于工作需要，我脱下已经穿了 13 年的军装，先他一步转业回甘肃庆阳老家工作，虽身处两地，但这并没有影响我们之间的战友情谊。我知道，就在去年，他也从部队转业回老家潍坊了。

正在我拆快递包装袋的时候，成亮的电话就来了："兄弟，想你啊！早我三年转业，这几年混得风生水起，尤其在写作上最有成就，时常通过微信朋友圈，翻看兄弟的大作在各类报纸杂志上发表，还在全国各地的征文比赛中屡屡获奖，由衷地感到高兴啊！"我赶紧说："感谢兄弟抬爱，在写作上，我还只是个刚入门的新人！"他接着说："文人品位高，知道兄弟你不抽烟、不喝酒，独爱一杯茶。前两天特地到我们潍坊茶叶市场上，为你精心挑选了'踏雪兰妃'，要不是这1200多公里的距离阻隔，我真想直接送到兄弟手中，坐下来和你好好品尝一番！"

在我的连声道谢中，他又滔滔不绝地讲起了"踏雪兰妃"："可别小看这踏雪兰妃，这是一种上好的黄茶，和你平时喝的西湖龙井、洞庭碧螺春、黄山毛峰等绿茶和小种红茶、滇红功夫、祁门功夫等红茶大不一样，它的产地在四川省蒙顶山，源自1000米以上的高山茶园，采用明前优质的高山茶树种鲜叶，茶园云蒸霞蔚，日照充足，土壤透水性好，有机质含量高，矿物质丰富，是茶树生长的天然良境；以独芽优质蒙顶甘露为原料，每市斤精选50000颗芽头，独特的加工工艺制作而成。其加工工艺近似绿茶，只是在干燥过程的前或后，增加一道闷黄的工艺，使茶叶里的茶多酚、叶绿素等发生氧化，从而变黄，具备黄茶的特性……"听到这儿，我吃惊道："兄弟，看来你对茶文化颇有研究啊！"电话那头传来他爽朗的笑声："谈不上什么研究，最近看过一些关于茶的资料，尤其对'踏雪兰妃'有一定了解！"他接着刚才的话茬继续说道："取名踏雪兰妃，有王者之香的美誉，追其根本是源于孔子'过隐谷之中，见芗兰独茂，喟然叹曰，夫兰为王者香。'兰花因具有其他花无可比拟的雅韵被喻为有王者之风，但王者是露着霸气的，而兰花本身的香气是与世无争的，是含而不露的，是随风而逝的……"

听着成亮对"踏雪兰妃"的这一番描述和赞美，我仿佛感到一种既带有蒙顶甘露的清香甜美、又带有沁人心脾的兰花香味正扑鼻而来。他又讲到，刚离开部队那段时间，他极不适应地方上这种慢节奏的日子，整天都打不起精神，因为少了部队那种忙碌、紧张和充实。这几年，他一直视我为"偶像"，就想像我一样，转业后也能找到自己的爱好。后来，无意间在茶叶市场茶社的一个朋友带领下，他以茶交友，喜欢上了研究茶文化。"士别三日当刮目相看！"我不禁感慨。在部队时，这个由于邂逅而被人们冠以"大老粗"外号，平时又不善与人交流的成亮，转业不到半年时间，变化竟如此之大。我的好战友、好兄弟，我打心眼里为他高兴！

挂断成亮的电话，我迫不及待并小心翼翼地取出带着战友情谊的"踏雪兰妃"。在古色古香的盒子和泛着茶香的包装袋上，我首先看到了"踏雪兰妃"4个大字，大字下面还有一行小字："君子之品，香如兰芷"，光看这大大小小的字，就能让人感到一种高雅。我知道，兰花，是中国传统名花，一种以香著称的花卉，她以特有的叶、花、香独具"四清"：气清、色清、神清、韵清，给人以极高洁、清雅的优美形象，故而被古今名人喻为花中君子。古代文人常把诗文之美喻为"兰章"，把友谊之真喻为"兰交"，把良友喻为"兰客"。

拆开"踏雪兰妃"的小包装袋，我赶紧看了看，茶的外形秀直多毫，条形紧细，嫩绿色润；又闻了闻，顿觉心旷神怡，有舒身清心之感，忍不住吟诵出了陆游的诗句"矮纸斜行闲作草，晴窗细乳戏分茶"，远离喧嚣，静心其间。妻子早已为我准备好了紫砂壶等茶具，按照温具、置茶、润茶、冲泡、出汤、分茶和品茗7个步骤冲泡好"踏雪兰妃"，开始慢慢细品，有种"一片新茶破鼻香"的感觉，独特的茶香花香融合交汇清馨，滋味鲜醇爽口，浓而不苦，醇而不淡，回味甘甜，历久不散，沉醉其中，连声叫绝！

以后的日子里，我彻底喜欢上了"踏雪兰妃"，办公室、家里、包里的其他茶都被我换成了"踏雪兰妃",时不时地拿出来品尝一番。

前几天,几个文友邀我一块坐坐,交流一下最近的写作心得。我们在一个叫"十里八村"的小菜馆碰了面,文友嫌这里泡的茶不好喝,嚷嚷着让服务员换好茶。我方才想起包里的"踏雪兰妃",赶紧取出来,特意叮嘱服务员用80度的温水,给我们用透明的玻璃杯泡上。文友们一边看泡茶时,茶姿的形态、茶芽的沉浸、气泡的发生等其他茶叶所没有的罕见过程:在水和热的作用下,几片茶叶在清澈碧绿的液体中舒展、旋转、徐徐下沉,再升再沉,三起三落,最终个个林立,芽影水光,交相辉映;一边听我讲从战友成亮那里听来的关于"踏雪兰妃"的赞美之词,感受着"踏雪兰妃"冲泡时的特有氛围,领略着"踏雪兰妃"的精髓。

"踏雪兰妃",茶如其名,真像个妃子一样在水中惊艳地跳着舞蹈。看着娇艳可爱的茶,大家各自品尝了杯中嫩绿明亮的茶汤,忽觉味蕾惊艳的同时,都连声"叫好!叫妙!"一种幸福之感油然而生……

我提议:"光说好和妙不行啊,得每人为这'踏雪兰妃'吟一首诗!"大家欣然同意。一向活跃的省作家协会会员路路首先自告奋勇,朗诵了一首《赞"踏雪兰妃"》:"沸腾的绿色、青春的容颜 / 一身正气长于山石间 / 吸收四季天地精华 / 在摸爬滚打煎熬 / 沧桑了青葱的容颜 / 但,草木的生命却得到了升华……"接着,中国作家协会会员老禄朗诵了一首《在庆阳,邂逅"踏雪兰妃"》:"品茗,众星捧月 / 茶壶、茶杯、茶具跳起了交谊舞 / 不知道你的前世 / 却知道你还有其他好听的名字:槚、蔎、茗、

舛 / 吟一句：扬子江心水，蒙顶山上茶……"在大家的怂恿下，我也即兴来了一首《且饮一杯"踏雪兰妃"》："茶水沸腾，香气四溢 / 与山泉水为伴 / 与空气、与微粒对撞 / 多了一份风雅 / 且饮一杯'踏雪兰妃' / 共享温馨、惬意的时光……"

万籁俱寂，月色如水，窗帘儿轻轻被风掠起。端坐于书房橘红色台灯下，随意翻览影集，一个个战友亲切熟悉的面孔映入眼帘，那青春的眸子里荡着涟漪，或英姿飒爽，或雄浑有力，或活泼愉快，随着潮汐般的月亮一起倾泻进来，娓娓动听地叙说着分别后的岁月所发生的故事，谈笑、憧憬着美好生活的未来。当翻到我和战友成亮在写有"从这里走向战场"的训练场那张合影时，我目光停留了许久……

忽而，脑海里闪过：云中谁寄"兰妃"来。有一种情叫战友情，有一种茶叫"兰妃"茶；战友如茶，能帮你滤去浮躁，储存宁静，品出一世的清香；即使很遥远，却永驻心间，天南海北都会想念。我觉得：品"踏雪兰妃"，就是品我和战友成亮之间的情谊。

感恩遇见

　　那是我从部队转业不久、刚开始写作的时候，经常翻阅手头的一些报纸，这其中就有《甘肃农民报》。有幸认识了镇原籍作家秦克云之后，他看我写的作品大多是农村题材，说这样的题材很适合《甘肃农民报》的版面。于是，介绍我认识了《甘肃农民报》"春雨"副刊编辑梁金。

　　后来，我开始给《甘肃农民报》投稿，刚投出去的几篇稿子，因为不符合版面和用稿要求，并没有被采用。但对我投去的每一篇稿件，梁金老师都耐心细致地做了点评，并指出了今后写稿应注意从构思立意、语言风格、故事新颖等方面多下功夫。经过一段时间的历练之后，我的诗歌《风从故乡来》、小小说《一张汇款单》《彩礼风波》、民俗文化类稿件《陇东中秋文化习俗》《庆阳试刀面》等陆续被"春雨"副刊刊发，这在当时，尤其对一个初学者来说是莫大的鼓舞啊！可以说，在我成长的道路上，《甘肃农民报》和已经离开报社的梁金老师给了我很多帮助。

　　我是一个喜欢读书看报的人，也是一个喜欢写文字的人，这已经成为我生活中不可或缺的一部分。得到《甘肃农民报》的认可后，我更加认真地反复研读《甘肃农民报》"春雨"副刊每一期刊出的优秀稿件，不管是散文、诗歌、小小说，还是民俗文化类稿件，我都逐字逐句地读，这让我对《甘肃农民报》有了更深的了解，不断从中吸取写作的营养。

现在，我不光收集一些《甘肃农民报》的纸质报纸，电脑中还收藏了2017年以来《甘肃农民报》每一期"春雨"副刊的电子版，时不时地翻出来读一读。在我读过的作品中，记忆比较深刻的优秀篇目有：翟文伟的散文《走进春天》、曹春雷的散文《挂在墙上的老时光》，李想平的诗歌《故乡的月》、毛韶子的诗歌《清明》，马兰莲的小小说《好人有好报》、高国宴的《补偿款》，于菊花的民俗文化《正月十五逛庙会》、秦克云的民俗文化《泥哇呜——儿时的记忆》等。

再后来，通过《甘肃农民报》这个桥梁和纽带，在写作上，我和全国各地的文学爱好者都时常交流写作心得，一些作者的稿件在"春雨"副刊发表后，还托我千方百计地给他们找样刊，正好单位订了几份《甘肃农民报》，我很乐意帮助他们。

有人说，爱上一座城市，是因为那个城市里住着你爱的人，有你留恋的记忆。那么，我想说，恋上一份报纸，是因为除了个人的爱好，还有那份报纸本身所饱含的温度。李清照有诗："枕上诗书闲处好，门前风景雨来佳。"在快节奏的今天，掌上阅读、电子化阅读、碎片化阅读盛行的今天，我仍愿"偷得浮生半日闲"，挤出一些时间认真地去读《甘肃农民报》副刊，感受那浓浓的文学气息。即使没有纸质报纸的日子里，我也会通过《甘肃农民报》微信公众号去阅读电子版。

　　《甘肃农民报》创刊70年来，始终秉持"面向农村、服务农民"的办报宗旨，与时代脉搏同频共振，与农民朋友手拉着手、心连着心，不光见证着陇原农民生活变迁的微观记忆，也培养成就了许多诗人、作家，我就是其中一个。

　　这几年，我成功地从写机关材料转入文学作品写作；由短到长、由易到难、由低到高，循序渐进；加入了县、市、省级作家协会；征文由优秀奖到三等奖、二等奖和一等奖。我想：我写作道路上的这些翻天覆地的变化里面，定有一份《甘肃农民报》的功劳。有时，一些人会说，你都在国家级刊物上发表作品了，怎么还去关注像《甘肃农民报》这样的省级报刊？但我想说的是：在我眼里，报刊是不分级别的，不管是县级、市级、省级还是国家级报刊，能成就一个人文学梦想的报刊就是好报刊！

　　值此《甘肃农民报》创刊70年之际，纵有万种华丽之词，也难以描绘我内心的深情。但我还想用自己的真诚对《甘肃农民报》说一句："你如同一座灯塔，指引我一路前行；你如同一池清水，给予我无尽的恬美；你如同一抹花香，滋润芬芳我的人生！"

常忆那年入党时

2004 年 10 月，居庸关长城脚下，神情肃穆地站着一排排戴红肩章的军校学员，他们刚经历了 8 个小时的野营拉练。此刻，他们无暇欣赏这山峦重叠、树木葱郁、山花烂漫、景色瑰丽的美景，在简朴而庄重的气氛中，举起了右拳面，对着鲜艳的党旗宣誓："我志愿加入中国共产党，拥护党的纲领，遵守党的章程……"

他们每个人的脸上都充满朝气，他们的铮铮誓言穿越时空，伴着群山久久不散。现如今，17 年的时光过去了，这一幕让我永远难忘的场景，常常激励着我奋进。每当想起它，我顿时会热血沸腾，心潮澎湃；就想起了我的入党岁月，还有那些难以忘怀的人和事。

一

有时候，一堂课就可以改变一个人的一生。

刚上军校那会儿，紧张的强化训练和严格的纪律让我的内心一度感到茫然，甚至在心里产生了想退学的念头，但转念想起了年迈的父母，想起接到军校录取通知书的那一刻乡亲们络绎不绝地来家里道贺，想起离开村子时乡亲们敲锣打鼓欢送时的情景，我犹豫了，最终也没能下定离开的决心。

军校的课堂模式是一边训练一边学习。我为自己能身在这样一所军事院校而感到骄傲和自豪。于是，我不仅彻底打消了想退学的念头，而且在以后的训练中更加用心和刻苦，不断从一个社会青年成长为合格的士兵，又从合格的士兵成长为军校学员。

二

有时候，一部优秀的军事题材影视剧也会给人莫大鼓舞。

2005年，由海润影视制作有限公司出品、发行的一部战争类电视连续剧《亮剑》热播，利用休息时间，队长杨钧经常组织我们观看。

我们全体学员都被主人公李云龙身上所体现出来的那种对党、对国家、对民族、对抗日大业无比忠诚的精神所震颤，看得荡气回肠，豪情激奋，血脉喷张。"面对强大的对手，明知不敌，也要毅然亮剑，即使倒下，也要成为一座山，一道岭！"这是何等的凛然、何等的决绝、何等的快意、何等的气魄！这就是"亮剑精神"！"狭路相逢勇者胜！"这是中国军人的军魂！就是靠这种精神，我们才能把日本侵略者赶出家门，才能打败国民党八百万军队，才能推翻"三座大山"，才能当家做主人。

那鲜活的、英雄的、有血性的英雄形象；那"不怕流血、敢于牺牲"的大无畏的英雄气概；那悲壮惨烈、豪迈粗犷的民族英雄主义精神……时刻都感动着我们，影响着我们。让我们每每在五公里、400米障碍、单双杠等训练中感到厌倦的时候，在紧张而繁重的学习中感到懈怠的时候，都会奋起直追，迎头赶上。

三

这一年，我被学员队党支部确定为党员发展对象。我想，这是对我的激励和鼓舞，也是对我入校3年以来训练和学习成绩的肯定。

四

美好的时刻宛如昨天的一瞬，常常让人留恋。

2007年10月，已经大三的我们，又一次跟随新学员们完成了拉练，来到居庸关长城脚下进行了庄严的入党宣誓仪式。这和我刚入学时看到的那一幕一模一样，但这次的宣誓人不再是学长，而是我们自己。

雕刻精美的汉白玉石台前的广场上，134名学员列队站立，我们8名新党员站在队伍前列，党旗在蓝天白云的映衬下显得更加鲜艳，整齐的队伍、庄严的时刻、红彤彤的学员肩章，构成了一幅让人难以忘怀的画面，镌刻在我的脑海中。

教导员刘卫民用他那洪亮的声音带着我们宣誓："我志愿加入中国共产党，拥护党的纲领，遵守党的章程，履行党员义务，执行党的决定，严守党的纪律，保守党的秘密，对党忠诚，积极工作，为共产主义奋斗终生，随时准备为党和人民牺牲一切，永不叛党。"

在辽阔的天空下，在巍峨的居庸关长城面前，我们的党员誓词不断地在山间回荡，至今仍常常响在我的耳边。

五

时光荏苒，岁月如梭，往事如歌。

弹指一挥间，17 年的光阴已悄然流逝，我从军校到了部队，再从部队转业到了地方，不论在哪个岗位，不论在什么挫折面前，我都保持了一名军人的本色，从没放弃心中的理想信念，从没抛弃自己的行为准则，从没向任何困难屈服过。因为，我常常回忆起入党时的那段岁月，想起它，就会想起母校的光辉历史，就会想起许许多多默默无闻、埋头苦干的共产党人……于是，我的耳边就会再次响起，自己刚入学时学长们宣誓的声音，自己在居庸关长城脚下宣誓的声音："我志愿加入中国共产党……"

捡社会保障卡之后

记得去年的一天，我和往常一样，准备坐公交车去上班。在离公交站台还有 20 多米的地方，我瞥见一个路过的中年人，在站台前面的地上弯腰捡起一个什么东西，拿在手里看了看又随手扔回地上。奇怪的是，他后面的另一个人也路过这个地方，照样捡起来看了看，然后又丢在原地。

带着一颗好奇的心，我走近一看，被前面两个人捡起来又丢下的是一张社会保障卡，卡片上清楚地记载着一些信息：发卡银行、发卡单位（一般为人力资源和社会保障部门）、姓名、社会保障卡号（即居民个人身份证号码）、发卡日期、有效期、银行卡号、服务电话等。我不禁纳闷：对于这样一张涉及居民个人社会保障的方方面面，包括养老保险、失业保险、医疗保险、工伤保险、生育保险、就业服务、金融功能等，集多种功能于一身的重要卡片，他们捡起来不急于寻找失主，却又丢下的原因是什么呢？是对社会保障卡的重要性不了解？是怕拿到手里找不到失主？还是认为即使持卡人丢了也可以立即补办

呢？又或是……

我正好在人社局政务服务窗口工作，也恰好经办社会保障卡业务，可以说，对这张小小的卡片再熟悉不过了。试想一下，这张卡恰好是一位正因急病前往医院路上的人不慎遗失的，他（她）在办理住院手续的时候，此刻是不是正需要它呢？又或是一个行动不便的退休老人遗失的呢？我不敢往下想了……

于是，我立即捡起了这张被两个人捡起来又丢下的社会保障卡。到单位后，马上通过社会保障卡管理信息系统，查出了这张社会保障卡主人的信息，里面包括他（她）的电话号码，给失主打了电话，仔细询问并核对了他的一些情况，并告知他，如果他方便的话可以到经办窗口来领取自己遗失的社会保障卡；如果他是一个行动不便的老年人，我们可以派人给他（她）送上门；如果他现在外地不方便的话，我们可以通过邮政 EMS 寄给他，而且快递费全免，这是单位为响应国家"放管服"改革的新要求，切实提高政务服务质量和水平，让群众到人社部门办事"最多跑一次"，甚至"零跑腿"就能把事情办成而推出的一项新举措。

后来，我和其他社会保障卡的经办同事通过大量调研，得出了以下结论：在大家的心目中，不了解社会保障卡用途的占 60%、仅仅知道有买药（即医疗保险）和银行卡（即金融）的功能占 30%、其他原因占 10%。

对此，我给单位提了四条针对性建议：一是印制大量关于社会保障卡知识的小卡片、小册子，放置于社会保障卡经办窗口，方便持卡人了解社会保障卡知识；二是加强社会保障卡经办窗口工作人员队伍建设，在办卡的同时，要及时向持卡人说明社会保障卡的用途；三是充分利用人社部门门户网站，设立社会保障服务专栏，让更多人通过网络渠道来了解社会保障卡；四是组织熟悉业务的工作人员，每季度到公园、商场、医院等人流较密集的地方，大力宣传社会保障卡知识，以便人们更好地了解社会保障卡，用好社会保障卡。

没想到，我提出的这几条建议均被单位采纳。现在，看到越来越多的人了解并熟知社会保障卡，用好社会保障卡，我和我的同事打心里感到高兴和自豪。

听闻你在远方

——谨以此文献给我曾经的战友于洪彬

三十多年人生经历，这日子不算长，但也不算短。这期间，我遇到了很多人和事，有过喜怒哀乐，也有过离愁别绪！但，没有哪一次像今天这样，因为，我要送别的是——我的军校战友！

——题记

夜已深，哄睡着刚刚上了一天幼儿园的女儿，又回想起中午11 时 57 分，战友王彦发来的一条微信："洪彬走了！"正在上班的我顿时觉得，心忽然被什么东西就刺痛了，不禁"啊！"的一声出口！此时的手机屏幕模糊了……

一颗焦急万分的心在很努力地寻找着，脑海深处的那些记忆。终于，几分钟后，王彦又转来洪彬妻子的一条微信："您好！我是洪彬的爱人，他于初七离开我们，感谢您一直以来的关心。在这里谢谢您！"

这短短的几行字实在让我难以接受，我不愿相信这一切都是真的，我但愿这消息有误，我也多么希望有人给我说"这是假的"。我就这样呆坐着，面无表情之下的内心，其实早已波涛汹涌。

洪彬，我仿佛在学院的校园里又见到你了，我们都戴着红肩章，稚气未脱，你还是那个瘦削的脸庞，还是那样害羞爱脸红的样。在激情燃烧的岁月里，我们用渴望、用真诚、用执着，肩并着肩，手挽着手共同走过了军校的风风雨雨。

眼前这33个文字里，我丝毫没有注意到两个错别："与"和"再"。一个人，恐怕只有在极度的悲伤中才会这样言不由衷！对人而言，世间上最大的痛苦莫过于别离，因为文字在这种悲伤面前是那样的苍白无力。

"与"和"再"，两个滴血的字！我有点不敢面对它们！

曾一起站岗，将钢枪紧贴胸膛；曾一起训练，迎送春夏秋冬。昨天还是那样一张熟悉的面孔，只一瞬间，今天怎么就不在了呢！

记得上军校时，我和洪彬在一个区队，也在一个班里待过，他给我印象比较深的是军被叠得好，经常受到区队和学员队表扬。相比较而言，我就差得远了。每天上午上完课，紧接着吃午饭后回到队里，只要遇上检查内务，想都不用想，我的被子肯定会静静地躺在水房里。我知道，这个中午，我回到宿舍的第一件事就是先叠被子。后来，正因为有了洪彬的指导，我才知道半截筷子削尖还可以挑被角。班里有好几个人都用洪彬教的这种方法修出了有棱有角的被子，就连班里的整体内务水平都提高了。还有，训练时跑五公里，即使脸色苍白，也要当个拼命三郎，坚持跑完；即使心里再苦，也要争着抢着去劳动、出公差；即使后来病魔缠身，也不愿告诉一起摸爬滚打的兄弟们……

在我眼里，洪彬同志平时虽言语比较少，却是个有想法、个性比较要强的人。这在后来我们顺利毕业，走向部队成为一名光荣的军官，和后来的许多事上都得到了印证。

有一段岁月，共同走过是美好的回忆！作为战友，就让我用自己笨拙的笔，记录下一点发自内心的东西，送别你！为了我们美好的战友情，为了我们逝去的青春，也为我们曾经的年少激情！

清风牵衣袖，一步一回头。也许，远方的你，和洪彬同志有过欢乐、有过美好，有过坎坷、有过敌意，有过交情……但，此时此刻，流露出来的全是美好！

听过一首歌《听闻远方有你》，其创作背景是：作者刘钧追忆小时候和奶奶在一起的快乐时光，源于他和自己奶奶的亲情，以及对奶奶的愧疚，因为他没有见到最疼爱自己的奶奶最后一面，内心始终抱有遗憾。所以，才创作出了这首歌。

今天，我要以笔为剑，写一篇文章，纪念并送别我的战友，并大声喊出：洪彬，听闻你在远方！

第四辑

一抹乡愁

乡愁是一碗面

　　陇东人爱吃面，怕是到了"一天不见面，就四肢发软、浑身无力"的地步，正如我听到过一句戏谑四川人爱吃大米一样："三天不吃大米饭，就腰杆子疼哟！"如果陇东人聚在一起闲聊，彼此问起对饭食的嗜好，人们多半会自称"面派"。不少陇东人外出，若是三天吃不上面，就觉得不舒服；若是在外十天半个月，回到家的第一顿饭必定是面，而且会连着吃几碗，不尽兴都不肯罢休。

　　不过，仅仅说陇东人爱吃面是不够的，陇东人爱吃的是陇东面食，是制作精美的一碗面。对于面，陇东人是爱吃而且会吃：爱，表明对面有很深的感情，能够体会面的魅力并且善于从食面中得到美的享受；会，表明对面有很深的理解，懂得怎样制作并且有能力制作出不同凡响的面食来。譬如，过油的油泼面、泛绿的菠菜面、飘着酸菜香味的浆水面、有着鸡肉味的鸡汤刀削面、吃着很过瘾的饸饹面、臊子面、揪面……

　　一方水土养一方人，一方水土也滋润着一方的饮食文化。陇东人的面食自有它独到的风味和特点。津人的咸、晋人的酸、湘人的辣、川人的麻，这诸多饮食元素，齐聚陇东大地，经过长期交融，体现了兼容并蓄、海纳百川的特点。凡到过陇东的宾朋，不论是南方人，还是北方人，都对陇东的面食欣喜有加，吃得惯，吃得爽心，吃得酣畅淋漓，异彩纷呈的陇东饮食文化成为反映陇东经济和社会发展的一个重要窗口。

奇怪的是，陇东人吃面，日日吃、月月吃、年年吃，几乎一辈子都在吃，却总也吃不厌。"好麦磨好粉，好粉擀好面。"做这样一碗面，面粉用的是沃野广袤的大地，上过农家肥的黄土地里产的好麦子，这麦子属黄土高原特有的也最为丰富的粮食，一年只种一茬，上一年秋天播种，下一年夏天收割，这一茬麦子几乎经历了四季，经历了和煦的春风和暖阳，也经历了刺骨的严寒和冷冬，渗进了北方独特的气候和地气。这面粉还得自己亲眼盯着或用石磨子或用钢磨子，将麦子磨出二道精粉，亲自掌握面粉的颜色，将白面和黑面掺合起来，吃"一老到底"面，不黑不白最好。太白了留的黑面自然多，浪费粮食不说，看上去还像雪花，吃起来像面包似的虚，毫无口感；太黑了留的黑面少，但却倒胃口，看起来都不香，也没多少营养。有了好面粉，接下来和面、醒面、揉面。和面时，水和盐按口口相传的比例加入面粉；醒面时，沉沉"睡去"的面团抱着气泡入梦，便发酵出空心；"揞到的醋，揉到的面。"揉面时，要反复揉压，犹如臂力与面团的互搏，揉得越光、越筋、越亮越好。然后根据几个人几碗面，几大碗几小碗，从面团上切下一块似过秤的面团，揉几下，成巴掌大小的面片，双臂张开，一捋、二拉、三摔、四扯、五悠、六抖、七甩、八抛，胳膊上下左右翻动，长长的面片如玉带一样在怀里翻飞起舞，令人叹为观止。到最后，面团变成或宽或细、或短或长、或硬或软的面条，入锅煮熟，捞在碗里，要么干拌，要么就汤而吃。经过这样的工序，这碗面吃着才有筋道、有嚼头，吃着才感到心里踏实。

这些带有家乡符号的面食，吃在嘴里，香在心里，经过岁月的沉淀与发酵，已经幻化为乡愁的一部分，犹如南方人对鱼虾和海鲜的偏爱，即使几十年，舌尖上的眷恋与一缕思乡之情交集而生，想要隐藏却都在只言片语里绵长。

一碗面，做起来快捷，吃起来可口，夯实，耐饥。且去吃一碗地道的陇东面吧，不管饿不饿。坐在高朋满座的饭店里，寻找一种美味，品享一种风情，感悟一种文化。

乡愁是什么？是生你养你的地方，几间老屋，一条老街道，一棵老榆树，影影绰绰晃动的人；是舌尖的一粒种子，在记忆深处发芽后，便能品尝出一碗面的浑厚、泼辣、粗犷、爽快、干脆……一个人长大后，总有些滋味只能停留在回忆里。无论走得多远，你把味蕾都带在身体里、灵魂中。因为，时光将味道烙在了我们的味蕾上，随生而生，永不磨灭。

野菊香，秋意浓

秋风染黄树叶，凝霜打湿地面，鸟雀形迹渐少，收获的繁华刚刚落幕，田野上略显萧条。这时，如果到荒野、田埂、地头、崖畔、沟底、路旁等处走走，你会发现一团团、一簇簇、一片片碧叶黄花，如耀眼的星星，散落在苍茫的天地间，格外引人注目。它们傲霜斗寒，散发出阵阵幽香，拉扯着秋天的嗅觉，引无数蜜蜂蝴蝶竞相捧场，这种纯净朴实的美深深牵绊着游人的脚步，难怪有诗这样赞美野菊花："田边河岸山坡上，野菊丛生花朵黄。处在寒秋时节里，傲霜怒放发清香。"

野菊花看似不媚不俗、典雅朴素，其实却透着一股自由散漫、洋洋洒洒和坚忍顽强之美。它伴着季节的时令随心随性，从来不惧怕贫瘠的山坡野地、曲折的田间小径、狭小的崖壁缝隙等生存环境，只要有水、有阳光、有土壤，它都能枝繁叶茂。也正因为如此，它才深受人们喜爱。《礼记·月令篇》记载："季秋之月，鞠有黄华。"这鞠，指的就是野菊花。作为菊科的一种多年生草本植物，它的头状花序的外形与菊花相似，呈类球形，直径

0.3—1厘米，花朵不大，总苞由4—5层苞片组成。舌状花一轮，黄色，皱缩卷曲；管状花多数，深黄色。野菊花性微寒，叶、花及全草皆可入药，以色黄无梗、完整、花未全开者为最佳。《本草纲目》中这样描述野菊的药效："性甘、味寒，具有散风热、平肝明目之功效。"它能治疗疗疮痈肿、咽喉肿痛、风火赤眼、头痛眩晕等病症，浸液还可杀灭孑孓及蝇蛆。

野菊花的花蕾极小，就像一粒粒黄豆，三三两两、密密麻麻地簇聚在枝头。即便是完全盛开，花朵也只有成人的指甲盖大小。在周围野草呈现病态、气息渐尽的时候，徜徉在野菊花丛中，任凭露水打湿鞋脚和裤腿。如果屏住呼吸，感受这侵入肺腑的芳香，你会听到野菊花爽朗的笑声，这笑声绝不是对别人的嘲笑，而是自尊自强的欢笑，耐得住寒冷的傲笑，征战荒地的灿笑，这种笑声只配野菊花拥有。乡下玩耍的小女孩会不自觉地摘下几朵戴在头上，野菊花摇身一变，成了女孩身上的点缀，更显现出不一样的风采。急匆匆赶路的诗人，一抬头，竟与半山腰的一片野菊花相逢，满眼欢喜，被这超凡脱俗的气质所叹服，于是大笔一挥，写出了诗情画意："已晚相逢半山碧，便忙也折一枝黄。"

或许是秋风的涂抹、秋雨的渲染、秋阳的柔照，一夜之间，满山满坳的野菊花的香气四处飘散，花尖上的露珠点点发光。不知是寒霜成全了野菊，还是野菊装饰了寒霜。野菊花总是那么恰逢其时，伴霜而来。野菊花注定是来填补万木凋零的秋天的，虽然它颜色单调，但却能把整个深秋都浸染得朝气蓬勃。

"采菊东篱下，悠然见南山"，家乡人和陶渊明一样，都爱采摘野菊花。采摘的最佳时间是农历九月中下旬，午后两点至四点，因为此时没有露水。采摘好之后，有些人蒸熟晾干，入药；有些人放在通风处阴干，密闭保存备用；有些人将晾干后的野菊花做成枕头，每晚都嗅着花香入睡，神清气爽，耳目明亮。小时候，我最喜欢采摘一大束野菊花，修剪掉残根枯叶后插在瓶子里，让整个屋子都充满香味；长大后，最爱喝菊花茶，看干瘪的蔫花，在水里一点点舒展，终成一杯冷艳袭人的香茗。

杜甫有诗云："寒花开已尽，菊蕊独盈枝。旧摘人频异，轻香酒暂随。"秋忙结束的母亲，最喜欢酿野菊花酒。野菊花酒在家乡被称为"黄酒"，酿黄酒的过程叫"煮酒"。用石碾子把上好的酒谷子碾好除糠，先淘洗好，放在锅里蒸至外硬内软、无夹心的九成熟，在锅内放凉时出锅、打散、入缸，加入早已准备好的水、麦子采的酒曲、菊花、党参、乌药、蜂蜜等搅拌均匀，拿布袋和谷草包裹好缸四周，再用牛皮纸和麻袋封严缸口，发酵两个月左右时间，取出酒本，加水过滤即可饮用。这样酿成的菊花酒，香味浓郁，色泽黄亮，入口时既有菊花的清香，又有米酒的甘甜。

野菊香，秋意浓。曾经看过一首小诗："我躺在这座城市里，咀嚼羁留在乡村的你，就想起一个丢失经年的梦，梦里开满了野菊花，很忧伤很美丽。"在田野里追逐秋风，沾一身野菊香，做一个清香流动的梦。

母亲的腌菜

几场秋雨过后，冷空气夹杂着通透的寒意一路狂奔，风也渐渐变得凛冽起来，让还在穿着夏衣的人们冷不丁打了几个哆嗦。

每年这个时候，一贯闲不住的母亲嘴里常念叨的一件事就是腌菜。她总喜欢到家门前的菜地里掐掐捡捡，把那些长势喜人的青菜铲回来，还把家里那口专门用作腌菜的大缸和光滑的压菜用的大青石搬到太阳底下，拿着锅刷和抹布一遍又一遍地刷洗干净，然后倒置在院中，暴晒一下。其实，何止是母亲，村里家家户户的院子里都忙着择菜、洗菜、晒菜，白菜、辣椒、萝卜等要腌制的青菜，有的一棵一棵挂在绳子上，有的铺上报纸晾晒在院子里，摆满了整个农家小院，这场景俨然成了村里最亮丽的一道风景。

在过去那个物资匮乏的年代，大家不看重房、车，不看重资讯，却最看重吃。吃，仅仅是吃饱，而不是吃好。因为，立冬之后，镇里的街道上，反季节蔬菜几乎就没有了，即使偶尔能碰到，价格也出奇的高，不划算，再加上自家地里产的青菜等没有储存条件，所以农村人都会把它们腌制成咸菜过冬。于是，整个漫长的冬天，除了窖藏的萝卜、土豆等和晒制的大葱等干菜，腌菜就成了每个家庭必不可少的冬季贮备了。

记忆中，母亲每年都要腌一大缸白菜。此外，还会腌制少量的辣椒、萝卜条、韭菜、芹菜、大葱和大蒜。这些腌菜，除了供全家人冬天食用外，还是连接邻里感情的"纽带"——母亲会主动送一些给乡亲们品尝，东家一碗、西家一盆，大家吃了之后，个个赞不绝口。

在家乡，人们习惯把腌制的白菜叫"酸菜"，酸菜可以称得上所有腌菜的主角，每家每户都少不了。趁着天气晴好，母亲到菜地里把白菜一棵棵剜回来，掰掉外层或干或黄或坏了的叶子，反复冲洗干净，再用菜刀切成较均匀的四块，放在秋阳下晒两天。大白菜稍微有点蔫了的时候，就说明内部的水分蒸发了四五成，可以腌制了。紧接着，母亲就将这些晾晒缩水后的白菜搬进厨房，系上花布围裙，戴上蓝布袖套，在开水锅里稍烫一下，放置在缸里，放一层就撒上适当的盐、小茴香、桂皮、花椒、鲜姜片、蒜片等调料，再放少许红辣椒丝、胡萝卜片以增加色泽，最后倒入一小点白酒以调味和防腐，等白菜差不多和缸沿齐平了，就放上大青石压紧压实，直到水完全覆盖住菜面，大约一个月以后就能吃了。这样腌制而成的酸菜不但有色泽，而且味道鲜美，吃起来酸酸脆脆，咸中有辣，辣中带酸，酸中略甜，甜中溢香，可当开胃小菜和下饭菜，酸香浓郁。在过去那个特殊的年月里，母亲的腌菜，虽是一道普普通通的菜，但吃在嘴里时那种嫩、鲜、脆，那种淡淡的沁人心脾的酸香，实在是别的菜肴无法比拟的。

　　母亲腌菜的手艺在全村都是百里挑一的，诀窍就那么两句："霜打的青菜味道好""适当脱水脆又鲜"。按照母亲的腌菜经验，霜降后，青菜就少了一些苦味，多了些许甘甜软糯，腌制出来的咸菜口感自然就不用说了。腌制前一定要晾晒，晾晒时间不能太长也不能太短。时间短了，青菜内部的水分蒸发达不到四五成，腌的菜水多，吃不了多久就容易烂臭；时间如果长了，水分蒸发得太多，菜又容易"柔"和"皮"，腌出的菜不脆嘣，影响口感。

　　腌菜是众多北方人记忆中的一抹乡愁。如今的母亲，依然保留着腌菜的习惯，只是不再像以前那样用大缸了，而是换成了精致的小坛子；腌菜的种类、花样也都多了起来。母亲说："虽然现在生活条件好了，各种新鲜蔬菜一年四季都可以吃到，但大白菜、萝卜、辣椒、韭菜、芹菜、大蒜都少腌一点，吃鲜菜时间长了也要改变一下口味，就图个新鲜吧！"

　　原来，在母亲眼里，腌菜是一种情怀，一种乐趣，到了秋天如果不腌几坛菜，总觉得生活缺少了什么，腌菜从过冬的必备品变成了生活的点缀和情怀的延续。

罐罐茶

庆阳坐落在陇东高原上，是周祖农耕文化的发祥地，历史悠久，民间文化源远流长。罐罐茶就体现着一种独特的饮食文化。

罐罐茶因熬茶用的小瓦罐而得名。罐罐是瓦质，上口下底皆小，中间凸出个肚子，口径一两寸大小，外有手握耳形把。熬茶时，一小堆木柴、一个土炉子、一只小瓦罐、一撮茶叶，便是罐罐茶的全部家当。这种流传于民间古老而讲究的喝法，以味苦、浓烈而醒神著称，早已融入陇东人的生活。

过去的陇东山区，森林茂密，气候阴湿，人多患风湿性腰腿疼病。加上山区交通不便，种庄稼大都是靠人担肩挑，劳动强度大，人们普遍都熬喝罐罐茶，减轻病痛，消除疲劳。这里的山里人，过去熬茶，在炕头搁一个简易自动吸风土炉，炉口很小，能放一个瓦罐罐，炉膛放上碎硬柴或煤炭块，人离开时，把火压小，劳动回来，用棍一捅，火苗就冒上来了，把茶罐放上，不多一会儿，茶就熬好了，茶水倒在茶缸里，边吸烟，边呷茶。浓茶入肚，用山里喝茶人的话形容："不是神仙，胜似神仙"。这是只有山里人才能品出的一种味道，才能说出的话。"山中无历日，寒尽不知年"的山里人，真正才能领会"知足者常乐"，一杯浓的能吊线的罐罐茶就足以飘飘然欲仙。而喝特级，一杯价值千元的茶的人是不会说出这样的话的。所用土茶炉，既可熬茶，又可取暖。也有用火盆的，过去山里人不缺木柴，用木炭架火盆，冬季烤火熬茶两不误。

陇东人喝罐罐茶也最讲究了：讲究火候，文火去炖，木柴火最好，炭火也凑合。讲究茶叶，最好用四川砖茶，说这种茶叶味道苦甜，过瘾；还有的在伏天采摘野果树叶，经过熏蒸晾干，和砖茶、龙井等高中档茶叶混合熬着喝，有一种苦后甘醇、沁人心脾的舒服感，越喝越有味道，久成瘾。讲究用水，新驮回的山泉水最好，山里一般都有天然清冽的泉水，这种"矿泉水"熬的茶，味醇带有仙味；也有接纳"无根水"的，"无根水"就是天下的雨水，天降雨，用盆罐接下贮起来，有的存在水窖里。讲究熬法，熬茶时，先放入茶叶，然后倒入少量水，待罐内茶水沸滚，再用细木筷翻搅罐内茶叶，茶香四溢，味道浓厚。讲究喝法，不单单喝茶，往往就着炉子烤馍吃，将馍放在土炉子上，慢慢烤着，馍会一点一点发黄，然后换个角度，接着烤，如此反复着，直到整个馍都被烤成黄灿灿，即可一边喝茶，一边吃烤好的黄馍。这种烤馍皮干内酥，将外层烤干烤黄的馍一层层剥下来就茶吃，脆响美绝，而被剥了黄而脆的外层后，馍里面的心心已经冒着热气，白白软软的就等着人张嘴去尝了，这绝对是一种享受。

我的姥爷就独爱这罐罐茶。听姥爷说，他年轻时，家境不好，为了一家十几口人的生活，高强度的劳动使他过早地患上了

188

腰疾，而姥爷又舍不得花钱买药。一次，他在邻居家无意间喝下一杯罐罐茶后，病痛减轻了许多。从此，姥爷便再也离不开这罐罐茶了。

现如今，虽然人们的生活方式发生了巨大变化，物质生活充裕了许多，但很多陇东地区的山里人，至今还保持着喝罐罐茶的习惯，除了一份浓浓的乡土之情和难以割舍的情感因素外，更多的却是一种根植于血脉的文化传承。

镇原油茶

　　"朝观云鸟怡心海，暮看峰峦入梦霞。几许痴情酬雅客，万般诗意赞油茶。"一首赞美油茶的诗句，让镇原油茶在众多小吃中脱颖而出。隶属于庆阳市的镇原县，自古以来就是多民族文化相互冲撞融合的地方，有着独特的陇食文化特色。

　　食中有文化，食中有学问。镇原小吃因制作精美和考究而著称。叮叮咚咚的驼铃声，风尘仆仆的马帮长队，把我们带进了那遥远的丝绸古道。遮天蔽日的华盖旌旗，威武雄壮的皇家卫队，使人们的思路又回到了灵太后回乡省亲的年代。历史渊源丰蕴深厚，饮食文化源远流长。

　　油茶，是镇原小吃中的佳品，其色泽精白，仁点缀其间，黏稠无涎，品尝数口，沁人心脾。所需原料有小麦粉、谷粉、豆粉、牛油（或清油）、胡桃仁、杏仁等。虽以面食为主料，但从佐料看，当属西域民族饮食文化与汉民族饮食文化相结合的产物。除选用精白小麦粉外，还佐以少许谷粉、豆粉，用上等牛油（也可用清油）在锅内烧熟后，再将面粉入锅，边炒边淋油，不停搅拌，使油与面搅拌均匀后，将面炒熟，使油与面融为一体，不留疙瘩，再撒入调料，即可出锅。油茶所用佐料有胡桃仁、苦杏仁（甜杏仁最好）等。苦杏仁在入茶前，先用温水浸泡去皮，放入锅内用文火煮熟，捞出后放入清水中浸泡，经过三五次换水，使苦杏仁完全脱苦变甜。之后，将炒好的油茶面撒在烧开的水中，搅为糊状，再放入胡桃仁、杏仁等，清香可口，香味扑鼻的油茶即可食用了。

油茶，最初叫"油茶面"或"炒面"，当时女真族在北方苦寒之地，盐、铁等主要生活资料的来源有两个途径：互市和战争缴获。当年满洲人征战时，随身携带"炒面"，可以干吃，相当于压缩饼干的作用；也可以用马奶冲着喝。当时北方不产茶叶，茶要靠互市得来。所以，茶不能被大量饮用之时，可以用"炒面"加开水冲着喝，喝起来有点像浓烫的茶水，很提神，这种用来代替茶叶冲着喝的"炒面"，也被民间叫作"油茶面"。

在我记忆最深处，奶奶挥动着锅铲，大铁锅中面的焦香气冉冉升起弥漫，香味顽强地从冬天那捂得严丝合缝的门窗中缕缕飘荡出来，老远闻到，口水早已泛起。

镇原油茶经历了漫长的发展历程，风味独佳，这是历代镇原人聪明才智的结晶，是灿烂中华文明的组成部分，为传统的饮食文化增添了光彩。现如今，发展中的镇原，在原生态乡村旅游的大背景下，往来的游客，吃着酥脆的糖油饼，再来碗可口的油茶，"美如甘酥色莹雪，一匙入口心神融"的美妙感觉一定让人流连忘返。

夏日清凉美味——酒浮

地处黄河中游的镇原县，身在茹河两岸，被陇东高原上特有的塬、山、峁、墚等沟壑纵横环抱。这片壮美、粗犷的土地，人们普遍崇尚文化，被誉为"中国书法之乡""文化艺术之乡"。镇原小吃及镇原酒席之精妙是本地文明的充分表现，历经烹饪劳动者的辛勤操作和理论总结，依据本地广博的物产和淳厚的民族习惯，形成了独具特色的地方美食。

在这里，除了享誉陇原的镇原老席、糖油饼等美食让人垂涎三尺外，还有一种独具特色的民间小吃——酒浮，在炎炎夏日里散发着独特的"至味魅力"，它用清凉的自己浇灌着人们酷暑难耐后的挑剔味蕾。

酒浮，当地人又叫"甜酒浮""甜醅子"，从酒精含量和制作工艺上来看，当属米酒的一种。制作酒浮所需的基本原料是当地出产的小麦，也有小部分人用燕麦。其制作过程比较简单，将挑选好的粒大饱满的干小麦喷水拌湿，用石舂子舂皮，煮熟晾温后拌上酒曲，放在密闭的容器里，发酵一天一夜即可食用。酒浮的酒精含量一般在十度以下，略带甜味，在炙热的大伏天，兑入凉开水泡饮，清凉透顶，解暑解渴。

关于酒浮的来历，当地还流传着一个广为人知的故事。传说很久以前，有个小伙子和娶进门不久的媳妇闹别扭，媳妇一气之下回了娘家，当时恰巧是麦黄时节。俗话说"蚕老一袋烟，麦黄一晌午""夏忙夏忙，绣女下床"，小伙子每天都一个人在麦地里忙着抢收。家里的面很快用完了，他也顾不上推磨，不得不每天煮点熟麦粒充饥。一日，小伙子又提了半瓦罐熟麦粒放在田间地头，由于这天天空乌云密布，怕突然下"冷子"（对冰雹的俗称）而忙着割麦，不知不觉忘了肚子饿，天黑回家才想起那只瓦罐来，便想着第二天再接着食用。结果第二天中午，他感到肚子饿时，刚启开瓦罐盖子，一股浓浓的香味扑鼻而来。他用手指一蘸，放在舌头上一舔，既清香又浓醇，索性端起瓦罐来猛喝了几口，立时觉得全身轻松，浑身是劲。后来，小伙子在瓦罐甜水的启发下，不断琢磨推敲，制作出了更有用的酒曲。放了酒曲后酿出的水比瓦罐里的水还香还甜，小伙子高兴之余，给这种甜水取名为"酒浮"。再后来，小伙子将这种制作酒浮的手艺教给了村里人，这样一传十十传百，竟然成了一种家喻户晓的美食小吃。

在炎热的夏天，不管收割打碾还是农闲时节，各家各户通常都会准备消暑神器——酒浮。尤其是在大伏天，当人们热得浑身像只燃烧的火球时，来一碗酒浮，赛过任何冰镇饮料。这个夏日，没有什么比喝一碗自制的夏日美味更清凉了！

苜蓿芽

　　三月的北方，大地似乎还沉浸在一片静谧寂静之中。这时，和煦的春风早已悄然轻拂过枝头，吹遍黄土高原上的角角落落。那些被封存在地里打压了一冬的湿气，已经开始不管不顾地往上冒。这个时候，田野里的地皮子上就显得松散、酥酥，泛着一层干黄，用手轻轻抹开这层干黄土，一定会有一些新芽在露头。这些富有生命力的嫩芽，不声不响地躲在地皮下面，悄悄地从冬天就开始孕育着。

　　过不了多少时日，你就会在塬上的山脚下、沟坎边、地垄里，或者老家的房前屋后、崖边、路边的荒地里，蒿草的缝隙里，凡是向阳的地方，看见一簇簇、一丛丛、一朵朵苜蓿嫩芽破土而出，这些可谓是黄土高原上春天特有的精灵吧！这些嫩嫩的苜蓿芽，毫不羞涩地在春天面前展示着鹅黄般的身段，争着要和田野里的其他精灵比一比速度。沐浴着春天的阳光，它们会嗖嗖地往高蹿，只间隔一夜时间，你就会大呼一惊，它们的身段竟是那样袅娜妩媚，俊俏成新娘般的模样，含情脉脉，一脸娇羞。"春雨贵如油"，这时的黄土高原，如果恰遇一场不大不小的春雨，它们会更加水灵灵、绿汪汪，让董志塬上的早春也平添了几分活力，使人们对刚苏醒的春天又有了一个全新的认识。

"头茬苜蓿二淋子醋"，这是人们潜意识里对头茬苜蓿的赞美。苜蓿刚冒出嫩芽时，将它们剜掐回家，倒在簸箕里，反复挑拣夹杂在里面的小柴棍、干草丝儿，簸尽小土沫和草籽，放水里浸泡一会儿，用清水淘洗干净，在开水锅里略烫一下，就可以放点蒜末、葱花、辣椒，再倒点醋凉拌，当作下饭菜吃可口极了；或直接下锅放入面条，美其名曰"苜蓿面"，那黄绿相间的苜蓿芽和白生生的面条混合在一起，白绿相映、新鲜香甜，光看着就让人眼馋，再加上一勺早已烩好的猪肉臊子，飘在碗里的油花肉丁，夹杂着一股肉的香气，直冲击着人的味蕾，诱人吧？也可将生苜蓿拌些面粉，在锅里蒸熟做成"苜蓿卜拉"吃；还可同少量面粉混合，捏成"苜蓿菜团"，蒸熟当成菜馍馍吃，抑或配以大肉、粉条、鸡蛋等，能炒出好几种不同样式、不同味道的菜，那就别有一番风味了……听老一辈人说，这些"苜蓿卜拉""苜蓿菜团"，虽然吃起来口感有点涩，但在二十世纪六七十年代生活困难的时期却是起了大作用，作为普通农家的救命菜、救命粮，比吃树叶、草根要好很多了。

由于垂涎头茬苜蓿的美味，小时候，掐苜蓿芽成了黄土高原上一道亮丽的风景。于是，在春天的田野上，除了一帮叽叽喳喳有说有笑的俊俏媳妇、大姑娘们，就数我们一帮小孩子最积极，下午放学回家，丢下书包的第一件事就是饿着肚子，在自家的院里找来笼、簸箕、菜篮子，准备成群结队地去掐苜蓿芽，像群采花的小蜜蜂一样；有些人甚至回到家，直接把书包里的书随手一倒，拿着小铲刀就风风火火地往苜蓿地里赶。到了田间地头，都会聚精会神地低头掐着苜蓿芽，唯恐自己落后。用手掰开苜蓿芽周围枯黄的茎干，蹲下来一支一支地掐，一两寸长的芽芽是那么鲜嫩，就像一个穿着红色旗袍的美人刚刚梳妆打扮过，还带着脂粉的香气，沾着晶莹的露珠，亭亭玉立在春天里，笑盈盈地与我们对话呢！看着掐在手里嫩绿的胖乎乎的苜蓿芽，我们仿佛全身都被春风滋润着，心里顿觉暖洋洋的。

有着"牧草之王"美称的苜蓿，从不会嫌弃黄土地贫瘠，也从不择肥挑水而生长，即使在光照强烈的田埂、楞坎上，也依然茁壮成长。头茬苜蓿芽被掐，过不了几天，就会重新长出新芽来。直长到大约两寸高，端午节前后，紫色的苜蓿花便开了，成群结队的蜜蜂、蝴蝶翩翩起舞，驻足于一簇簇花蕊上不愿离开。这时候的苜蓿，人们成捆成捆地割回之后，用铡刀铡成三四厘米长的小短截，便成了上好的牲口饲料。苜蓿也像韭菜一样，割了一茬又一茬，一年能割三四茬。

"三月三，苜蓿芽芽上来打搅团"，试想一下，初春时节，吃饭的时候，在农家的餐桌上，摆一盘泛绿的苜蓿芽野菜，谁不感到心动，谁不垂涎欲滴，谁又不会想多吃一碗呢？一撮苜蓿芽，丰富了普通农家俭朴的生活，增添了餐桌上的一抹绿意，也满足了一家人初春时的口福。那是乡村早春最美的味道，让我们在齿缝间留住了一缕醉人的清香。每当想起这些，我都仿佛回到了童年时代，那欢快热闹的场景，那嬉笑怒骂的光阴，那哭喊无忧的岁月，着实令人回味！

试刀面

在陇东庆阳，有一种面叫"试刀面"，是新过门的媳妇专门用来展示厨艺的。

按照当地习俗，新郎新娘婚后第三天早晨，要共同入厨拜灶，拜灶后，新娘子开始做"试刀面"招待亲朋，让婆嫂小姑和宾客都见识一下新媳妇的手艺，给新媳妇提供了一个展示技巧的机会，庆阳有的地方还称"三刀面"。

试刀面的制作过程非常讲究，面条要细要长，犹如丝线漂在汤面上，汤要油要香。制作面条时，先用优质小麦面粉加少许碱水调和揉成面团，和匀后，放在案板上，用盆扣住后饧两三个小时，面饧好后再反复揉搓，直到揉得又白又筋时，再用擀杖擀薄。面要擀得薄厚均匀、透亮，切得均匀，如同丝线一般。每切好一段，一折四叠提成小把，尔后下锅。煮熟出锅后过一下凉水，捞到汤碗里，食用时再捞到香味扑鼻的臊子汤里，只要看上一眼便令人口水直流。

关于试刀面，还有一个传说。据说，古时有一个俊俏新娘入厨做第一次饭，亲朋围前拥后，嬉戏作弄。新娘为了"回报"这些戏弄她的人，在做试刀面汤时多放了些辣子，要每人先喝完汤才允许吃"试刀面"。这可把客人难住了，谁能一下喝完这些辣汤？没法子，有人偷偷地把面条捞在汤里混着吃。一吃，非常可口，于是就形成了今天这种臊子辣汤和面条分别各置一碗的做法和吃法。

由于这个传说，又因为新娘子害臊，辣子汤极像新娘臊红的脸蛋，后来人们渐渐就叫成了"臊子面"，成了家喻户晓的一种美食。

芽面包子

芽面包子是一道奇特的美食，过去在庆阳各地普遍流行，而以镇原的最为有名。"香飘招来行人步，甜而不腻味道长。"用这句诗来赞美镇原的芽面包子再贴切不过了。

地处黄河中游的庆阳市镇原县，身在茹河两岸，被陇东黄土高原上特有塬、山、沟、峁、梁等地形地貌环抱，塬面平坦，土地肥沃，历来盛产小麦、玉米、荞麦、小米等农作物。自古以来，这里就是多民族文化相互冲撞融合的地方，形成了其独特的陇食文化特色。芽面包子就是众多特色小吃之一。

芽面包子，顾名思义，就是用发了芽的小麦糖的面粉做成馅料制作而成的包子。这种包子做法简单，取材容易。将发了芽的小麦磨成面粉，取少许放入盆中，倒入适量开水，边倒开水边搅拌均匀，稀稠适当，以最后见不到面疙瘩为宜。家乡人把做芽面馅这种方法称为烫面，这也正是芽面包子口感正宗、味道独特的奥秘所在。芽面馅如果太稠太硬，会影响口感；如果太稀太软，蒸的时候便会渗漏出来。芽面馅做好后，揪出面盆里发好的面，放在案板上揉成长条状，拿刀切成均匀的小块，再用擀面杖擀成圆形。面皮里放入适量芽面馅，捏起一边，沿边随捏随转圈，到最后把整个馅都包在里面，一个芽面包子就算做成了，再放入蒸笼。如此反复，直到把所有芽面馅都包完。逐层摆在蒸笼里，盖上蒸笼帽，压上石头。最后看好时间，放在锅里蒸三四十分钟，一笼香喷喷的芽面包子就出锅了。随便拿起一个，放入口中，芽面馅甜而不腻、沁人心脾，那种独特的味道绝对令人回味悠长。有些人还在芽面馅中加入少量擀成粉末的荏（学名紫苏，一种广泛种植于西北黄土高原的油料作物），以增加芽面包子的口感。

用芽面做馅，这其实是家乡人一种无奈而聪慧的选择。过去，农业机械化程度普遍比较低，人们收割打碾的周期普遍较长，没有像今天这样的现代化联合收割机，可以直接开进地里一边收割一边脱粒，只需将金灿灿的麦粒运回家晒干入仓就行了。用镰刀割了麦子，还得一捆一捆地捆成麦捆，几十个麦捆一起摆在地里或打谷场上。光收割就得持续半个月到一两个月，甚至更长时间，更不用说打碾入仓了。有时甚至到了入冬季节，一些人家还在碾场。而每年收割打碾这样的农忙季节，家乡也恰好处在雨季。有时候连日下雨，一场雨能持续半个月左右的时间，盖在麦摞上的"帽子"保护不了几十个麦捆的安全，麦捆无法打开晾晒打碾，灌进水后的麦子过度潮湿，穗头就会发芽。绿油油的麦苗穿透盖在麦摞上面的"帽子"，郁郁葱葱地长了一圈。乡亲们辛辛苦苦一年劳作下来的收成，就这样"芽"在地里或打谷场里，让人心疼啊！发了芽的麦子磨成面，虽然表面看上去和正常面粉没啥两样，但其实黏性大不筋道，不能擀面条，也不能做面片或拉面、蒸馒头。聪明的乡亲们便利用芽面甜而黏性大的特点，巧妙地做成包子馅。

现如今，人们的生活条件好了，收割打碾几乎都是一瞬间的事，小麦很少出芽，我已经很多年没有吃到芽面包子了，但脑海里却时常闪现出那种最原始、最美好的记忆。这其中，有美味、有怀念、有恋旧，更多的却是浓浓的乡土之情和留在舌尖上的淡淡的乡愁。

搅　团

　　"荞麦面缠搅团，吃了睡下梦老汉。"这是庆阳民间广为流传的一句俗语，说的是颇具地方饮食文化标识的荞麦搅团，香软可口，吃了以后就像谈情说爱那样甜蜜，心情坦荡，回味无穷。

　　地处陇东黄土高原的甘肃庆阳，是中华民族早期农耕文明的发祥地之一，素有"陇东粮仓"之称。这里盛产小麦、玉米、油料、荞麦、小米、燕麦、黄豆等，尤以特色小杂粮久负盛名。搅团可谓是家喻户晓的饭食，在农村是家常便饭，在城里更是具有地方特色的一种风味小吃，松软爽口，别具一格。当地人不会因季节变化而对搅团表现出喜好厌恶，在冬夏时节尤为时兴却是真的。因搅团做法简便，热和好吃，对妇女和老太太们来说，喜食不厌。

　　搅团，通俗地讲，即"用面搅成的糨糊"，在二十世纪六七十年代，可以说是农家的救命饭。那时，农民的口粮标准低，玉米、高粱、糜子等粗粮多，农家几乎每顿饭都不离搅团，主要原因是搅团含水量大，少量的面粉就可以做出大体积的食物，用以充饥再好不过了。吃搅团时与醋水、蒜泥、香菜调的汁一块吃，既掩盖了粗粮的缺陷，口感好，又能增强食欲。

庆阳人把做搅团叫"缠搅团"，最好的原料是荞面，小麦面次之，最后数高粱面、玉米面、糜面。具体做法是：先将水烧到七成热，为了使打出的搅团中不带面糊（"面疙瘩"的俗称），将提前和好的一大碗面水掺入热水中，一手端着木撮勺往锅里撒面，一手用擀杖使劲搅拌。当水和面不稀不稠正适度时，再继续搅动，用文火烧熟。火过大容易烧焦，形成外焦内不熟的夹生饭。

"搅团要好，七十二搅"。这就是说，搅得越多缠出的搅团越好。缠搅团不光要讲究火候，还要讲究力道。力气小的人，只搅动两三下就会挥汗如雨。撒面搅拌时必须搅拌均匀，否则有结块的小面疙瘩就再也搅不光滑了，吃起来有种夹生饭的感觉，口感不好。配以文火，搅成团状后，舀出放置在案板上或盛在碗碟内。

庆阳人吃搅团也很讲究，一种是干吃，或置盐、蒜泥、辣醋水、香菜，或用肉、豆腐和蔬菜炒成杂酱，像吃饺子那样边蘸边吃；另一种是汤吃，将搅团舀在用肉丝、萝卜、豆腐、白菜等烹调或酸菜炒的菜汤中，像吃臊子面那样稀吃。放置在案板上摊晾冷却后，再用刀切成块或条儿，配以荤汤或素汤凉吃，风味独特，胜过美味佳肴。

在当地，关于吃搅团还有一些习俗说法："女人吃一次搅团就等于回一次娘家""谁家娶的媳妇儿贤不贤惠，要看看她打的搅团光不光或筋道不筋道"，这充分说明，搅团这种饭食还被作为人们评价农村妇女做饭水准的基本功。

如今，随着社会发展，人们的生活方式和习惯发生着翻天覆地的变化，一些民俗文化在淡出人们的视野，而搅团却能从普通农家走上城市餐桌。这其中，除了庆阳人传承下来的一种吃食文化外，更多的却是一份浓浓的乡土之情和难以割舍的情感因素。

烧土豆

　　"烤——红薯""烤——玉米"……下班回家的途中，一阵阵叫卖的吆喝声由远及近，直钻进耳朵里。那些红皮黄瓤、热乎甜软的红薯，不由地勾起我的回忆——童年烧土豆。

　　我的童年是在黄土高原深处一个偏僻的农村里度过的。那时候，还处在物质生活比较匮乏的时代，条件跟现在没法比。现在的孩子所喜爱的诸如小零食、橙汁、各式各样的水果等，在那时的农村根本没有。我们肚子里的油水很少，不得不饥肠辘辘的，任由馋虫在肚子里噬咬乱爬，连脚底子都馋得直痒痒。好在农村天大地广，对还充斥着顽皮天性的我们来说也蕴含着别样的风情。我们在田间乡野里跑惯了，对于想吃的、想要的东西，倘若没钱买或买不到，就习惯了就地取材，变着法儿自己动手去做。

　　在秋高气爽的午后，约上几个小伙伴，迅速地分好工，商量好集合时间，一块去沟脑脑烧土豆吃。不大一会儿，就陆续有人回家拿来了废报纸，有人偷来了家里锅灶上的火柴。准备土豆的那个人，要么跑到自家地里，掏上几窝鸡蛋般大小的土豆；要么父母看得紧，不容易得手，就偷偷在邻居家的地里挖上几窝。捡柴火的那两三个人，早早跑到沟脑脑，捡来许多枯树枝、牛粪和干蒿草。在沟脑脑里，找个避风、干燥而平坦的地方，用树枝挖一个直径30—50厘米、深20厘米的圆形土坑，捡些土块，沿着土坑四周垒起"锅锅灶"。

所谓"锅锅灶"，指几十年前在我国北方的农村地区，小孩子们就地取材，临时垒起的一种烧土豆、烧苞米、烧毛豆的土灶，乡下人俗称"锅锅灶"，有些地方也称烧窑子、捂窑子、焖窑子、敲土窑等。垒"锅锅灶"可是一门技术活儿，不是谁想垒就能垒好的：挖的土坑侧面留有烧火门，注意烧火门要迎着风，否则，一旦留错了，既不好烧火，浓烟还会呛人；要选又干又大的土块，土质要好，这样土块烧红后容易打碎；在土坑边沿用土块分层往上垒，垒的时候一定要特别细致小心，防止塌方，让土块一个压着一个，一圈一圈地往上垒，边垒边依次放入废报纸、干蒿草、枯树枝和牛粪，越往上垒圈越小，呈圆锥形，最后在顶部留一个碗口大的洞口，用来冒烟和投放土豆。

垒好"锅锅灶"后就开始点火，火烧不旺的时候，两三个人还会撅起屁股跪在地上，鼓足腮帮子，嘴对着塞满枯树枝和牛粪的"锅锅灶"使劲吹火。有时，大家吹气实在太专注了，正吹得两眼冒金星，火苗"呼"的一下蹿起来，燎了大家的眉毛和头发。闻着那一股头发眉毛烧焦的焦煳味道，几个人你瞅瞅我，我看看你，都傻傻地一阵大笑。

等二十分钟左右，火焰快熄灭了，"锅锅灶"里也积存了一些热炭灰，把事先准备好的土豆从碗口大的洞口投进去，要边投土豆边拨拉炭灰，让炭灰把土豆均匀地覆盖，这样烧出来的土豆才好吃，才不会半生不熟。最后将垒在"锅锅灶"上烧红的土块全部推倒在土豆上面，外面撒一层细沙土，锁住热气，把土豆捂得严严实实，让土豆充分吸收炭火的热量慢慢烧熟。

再经过四十多分钟，土豆就烧熟了。在一串串银铃般的欢笑声中，我们扒开"锅锅灶"上面的灰土，就会看到皮儿有些焦黄，甚至黑乎乎、皮焦里酥的烧土豆。它们像绽放的鲜艳的花朵，怡然自得地向我们微笑着。用手轻轻一捏，软绵绵的，犹如熟透了的柿子。掰开，露出又白又沙又绵的瓤来，一股热气腾腾的土豆香气夹杂着草木灰的味道扑鼻而来。这时，大家顾不上烫嘴，迫不及待地连瓤带皮儿咬上一口，软软糯糯，嚼在口里，唇齿生香，虽然伴随着淡淡的焦煳味和草木灰味儿，但却没人在意，都津津有味地吃了起来，末了，还不忘舔舔手指，生怕浪费一丝美味儿。有时，烧土豆实在太烫，大家会用两只手来回倒换，有的人干脆撩起衣襟兜着。

那时候，大家最爱抢着吃皮被烧焦的土豆。因为，我们当地有这样的说法：吃了烧焦的土豆皮就能捡到钱。于是，为了能吃到烧焦的土豆皮，大家有时会争得不可开交，甚至发生小小的矛盾。这时，大一点的伙伴就会主动站出来化解矛盾，然后将黑如锅底的土豆皮每人一份分摊着吃，让大家都能吃出快乐。最后，我们的手上、脸上、袖子上、衣襟上，到处是烧土豆的痕迹，大家你看看我，我看看你，都开心地笑了起来。吃完之后，我们还会高高兴兴地坐在沟脑脑里，对着远处的崖壁"哦……哦……"地喊"崖娃娃"。你一声，我一声，他一声……"崖娃娃"的回声响彻着整个山沟。

后来，随着生活条件慢慢变好，家里有了火炉、烤箱，种的土豆也比以前宽裕了，可以随心所欲地变着花样吃：在炉膛的火灰里烧土豆，在锅里蒸土豆、炒土豆丝，做成土豆粉条……现如今，在超市里，可以随时买到烧烤、番茄等不同味道，包装精美的炸薯片；在餐馆里，可以随时吃到美味的红烧土豆块、砂锅土豆丸子、酱卤土豆片、醋熘土豆丝、秘制大盘鸡；在"肯德基""德克士"店里，可以随时吃到番茄酱蘸炸薯条……但不管怎么吃，即使是土豆宴，却都吃不出童年烧土豆的味道来。

随着年龄的增长，我越来越怀念童年烧土豆的味道。那个年代，它仿佛棉花糖，在我的舌尖迅速融化、蔓延，沿着食道落进饥饿的胃里，让人回味无穷。那种简简单单的味道，是渗进骨子里的味道，是我所品尝过的人间至味，承载着人生满满的回忆！

布谷声声新麦黄

　　"布谷布谷！布谷布谷！"在薄雾笼罩的清晨、在旭日当空的正午、在晚霞如织的黄昏，当寂静的乡村传来阵阵布谷鸟清脆、悦耳、昂扬、激进的鸣叫声时，黄土高原上的庄稼人便再也睡不着、坐不安、闲不住了。

　　布谷鸟叫得欢的时候，就距离麦黄收割的日子越来越近了。这样的鸣叫声，其实更像一种警醒般的吟唱，是那样恰如其分，不似蝉鸣般铺天盖地、没完没了；也是那样韵律清晰、节奏明快、朗朗上口，并非麻雀的叽叽喳喳、聒噪刺耳。不论是在绿叶沙沙的屋檐枝头，还是在忙里偷闲的房前屋后，在不经意间、不付费就能听到这样的吟唱和歌声，如沐天籁、如聆梵音，那种酣畅淋漓的舒爽，是自不待言的。

　　布谷鸟是时令的歌手，是乡村的号手，是夏收的小提琴手。黄土高原上淳朴憨厚的庄稼人，从来都将布谷鸟看作是一种提醒农时、催生丰收的吉祥之鸟，并且祈祷在夏收这样的紧要农事时节，布谷鸟的叫声能够更欢畅一些、紧稠一些，这样当年的庄稼丰收就大有希望了。听见布谷鸟的叫声，他们一天能往庄稼地里折几个来回，每一次都在抚摸了扎手的麦芒后，蹲在田间地头，抓起饱满的麦穗，翻过来正过去地看个不停，对早黄的那几株，还会情不自禁地掐下一株来捧在手里，看个够。然后，手心对着手心一阵轻风似的搓揉，再用嘴"噗"地轻轻一吹，麦芒、麦衣就随风飘走了，最后只剩下黄中泛青的能数得来的那二三十粒麦子。庄稼人的眼里满是这些喜人的麦粒，就这还不那么放心，又用手抓起两颗半黄的麦粒扔进嘴里，嚼碎了验看面粉的含量，心里偷偷地在估算着收成。剩下的那些麦粒可是舍不得扔掉的，闻着新麦的清香，干脆大手一扬全都填进嘴里，嚼起满嘴的麦香，脸上露出了即将丰收的喜悦，连眉毛胡子都抖作一团。

即将成熟的麦子也像这五六月的天气一样，一日能变三变。庄稼人起了个大早，看头遍时麦穗还是一副莹绿模样，周身都被亮晶晶的露珠包围着；等急急忙忙赶回家吃过早饭，太阳已经升起一个大火球，麦穗上的七彩露珠儿干了，麦芒尖就已经黄了梢儿；再等吃过午饭来到田间地头时，就能听见"沙沙"作响的麦浪声了。那些随着夏风舞动的麦穗已经悄然换了装束，一袭鹅黄的新衣，麦芒更加锋利，鼓囊囊的麦粒在拼命地挣脱麦衣的束缚，顽皮地探出个小脑袋，四下张望着。那充满诱惑的麦香味就飘荡在整个田野上。

"麦黄了！麦黄了！"庄稼人奔走相告，全村的男女老少脸上都充满了慰藉和喜悦。这时，娃娃跟在大人后面，往来于田埂上的庄稼人也比以前多起来了，人们像赶集似的往麦地里凑。三三两两的，时而发出开心的笑声，时而聚在田间地头高高兴兴地聊着收成，总是在不经意间就惊起田埂上或栖息于树上的鸟雀，让这本来平静在阳光下的乡村恬淡景致立刻产生了不少生机。

在黄土高原上，庄稼人视小麦等粮食为命根子。布谷鸟操着纯正的北方方言，不断发出泥土般质朴的声音，为宁静祥和的乡村平添了些许朴素和温馨，唤来了空气中久违的麦香，把还在畅想绿意的麦穗叫成了金黄色。旱烟叶是金黄色的、成熟的瓜果是金黄色的、老黄牛也是金黄色的……成熟的麦子更是一种扑棱棱、赤裸裸的金黄色。金黄色，是长期生活在黄土高原上的庄稼人最喜爱的颜色。因为，这种颜色伴随着这里人们的平凡一生、辛劳一生、充实一生、幸福一生。麦子，总是让庄稼人收获各种愉悦，总是让乡下人尽情地享受着大自然恩赐的这种朴实的快乐。

夏风吹，新麦黄，布谷声声催人忙。平坦而泛青的塬面上，一片一片的麦地更加耀眼。那些长势喜人，随风涌动的麦田，绝对是乡村里最亮丽的一道风景线。庄稼人就开始全身心地投入到小麦收割上来，进进出出的都在紧张地谋划着："打谷场还要平整、镰刀还没磨好、架子车还要修理修理……"收割打碾的工具只有挨个过一遍，心里才感到踏实。然后每天背着手，手里拿着一把镰刀，笑呵呵的，从院子里转到打谷场，又从打谷场赶到麦田，不厌其烦地看着一天一个样、日渐泛黄的麦田。过不了多久，这些成片成片泛出金黄的麦子就不会游荡在这田野里，瘪肚的粮囤在等着它们，这是它们一年里最好的归宿。

耳边，又传来了阵阵布谷的叫声：布谷布谷……布谷布谷……我仿佛又看到一幅沃野流金、机声隆隆、新麦飘香、鸟鸣人欢的丰收图景！布谷声声，又是一年新麦黄！

麦黄杏飘香

对生活在黄土高原上的人来说，当空气中到处都飘散着麦香味的时候，庄稼人才真正感受到一年之中最绚丽多彩的季节。随着被南风吹黄的麦子一起黄熟的，还有家门前杏树上的杏子，黄澄澄地掩映在枝头，招摇在风中，乡亲们亲切地称它麦黄杏。

老辈人常说："桃三杏四李五年，家枣当年就卖钱。"这意思是说，新栽下一棵桃树，要等三年才能结果，而杏树还得多等一年。栽上一棵小树苗，虽然得眼巴巴地望上那么三四年，但勤劳质朴的乡亲们才不管这么多，俨然把栽树当成一种乐趣，总喜欢在自家的房前屋后栽上一些树，美其名曰"护庄树"，而且每年都栽。树的品种主要有柳、槐、杏、枣、李等，而对杏树来说，不光因为它耐旱、抗寒、抗风、易成活、适应性强，还因为用不了几年，就能长满黄土高原上的沟沟岇岇和山山峁峁。乡亲们乐此不疲地栽杏树，这其中还包含着其他一些讲究："杏"同"兴"谐音，加上杏子成熟时，满树都闪着黄澄澄的光亮，便意味着子孙兴旺，取幸福美满之意。

不知不觉间，父母也和其他乡亲们一样，在老家的房前屋后栽了许多树，这其中有好几棵麦黄杏树。每到阳春三月，最早报春的除了迎春花，就数老家门前这几棵麦黄杏树最积极了，它们在不知不觉中孕育着小小的花苞。麦苗返青时，"蜡红枝上粉红云"，春风吹拂，粉嘟嘟的杏花，便一朵又一朵地竞相挂满枝头，娇艳妩媚，花蕊芬芳，每一棵都自成风景。诱人的花粉香，顿时引来了无数勤劳忙碌的小蜜蜂，嘤嘤嗡嗡，采花吸蕊，来来往往的，满院都是一派春意盎然的红火景象。这时，不管你站在院子的哪个角落，都能闻见淡淡的醉人的杏花香。杏花花期不长，大概能持续半个月左右时间。等花瓣一点点飘落后，麦子也开始拔节抽穗，青涩的小杏子毛茸茸，就从枝间露出了小脑袋，密密麻麻地一天一个样地疯长，好一幅"花褪残红青杏小"的景致！

麦梢黄，杏儿香。小时候，我最盼望麦收季节，因为可以吃到香甜的麦黄杏。麦黄杏，只不过是"水晶杏""曹杏""大结杏""大扁杏"等众多杏的品种之一，其最大的特点是比其他杏子的成熟时间稍微提前那么一点。那时，我们一群小孩子，放学回家的第一件事就是趁大人还在麦地、打谷场上忙碌的时候，把书包里的书倒在地上，背着空书包，施展猴子般的身手，手扣、脚蹬、收腹、提臀，三下两下就爬上了杏树。先看准眼前的，摘下来用大拇指和食指轻轻一捏，便"离核"了，喜滋滋地吃上几枚，解解馋气，然后开始往书包里摘，还会随意丢几棵给树下仰望的小伙伴。有时候，本来不敢爬树，但看到和我年龄相仿的女孩子那种渴望的眼神，就忽然来了动力，"噌噌"地往上爬。

麦黄杏虽然个大、皮薄、肉厚、汁甜，受人青睐、好吃解馋，但一次却不能吃太多。大人们常讲"桃饱、杏伤"：桃子营养丰富，水分大些，可以尽可能地吃饱；杏子、李子是热性的，适量吃些，对身体大有裨益，但吃多了却容易上火，对身体有害。加之有些麦黄杏还没有完全熟透，吃多了会"酸倒牙"，让人的牙齿没有一点感觉。即便是"酸倒了牙"，我们仍会被麦黄杏的"情色"迷惑得不亦乐乎。

吃了麦黄杏，杏核也好玩。我们最爱玩的游戏是"弹杏核"。可以一对一玩，两个人找块平整的地方，将攥在手里的杏核撒开，石头剪刀布决定谁先玩，先玩者拇指压中指或食指作圆圈状，让中指或食指对准要弹的杏核，选两个距离最近的杏核，把一个作为子弹射向另一个，射中的那个归自己，射不中时换另一个人玩，如此反复。最热闹的要数群玩，三五个甚至更多的人都可一起玩，玩法和一对一玩时一样。最难的要数隔山打牛，把第一个杏核弹起来，从第二个杏核上方飞过去射中第三个为胜。

又是一年麦黄时，麦黄杏飘香。母亲挨个给我们姊妹几个打电话，得意地说："今年的麦黄杏又大又甜呀，周末回来吃吧！"虽说我们早就可以在城里随心所欲地买杏子吃了，可还是挡不住老家麦黄杏的诱惑，即使再忙，也要回去一趟，吃点再拿点，然后再匆匆地离开！

故乡和我们，是亲情与爱连接成的一条线。

214

地坑院

黄土高原得天独厚的自然优势，为挖制窑洞提供了先决条件，早在夏商时期，周先祖公刘十多代人就曾在黄土高原上挖窑洞，建村落，教民稼穑，开创了中国农耕文化的先河，《诗经·大雅·绵》中有"陶复陶穴"一语。有研究表明，陶穴，即下沉式地坑；复穴，即坡崖半敞式窑洞。

"见树不见村，进村不见房，入户不见门，闻声不见人"，这是地坑院最真实的写照。它距今大约有四千多年的历史，是我国乃至世界上唯一的地下民居建筑，被誉为"地平线下的古村落，民居史上的活化石"。在黄土高原上，它不仅是古代人穴居生存方式的遗留，更算得上是北方的"地下四合院"了；它不仅是乡下农民的象征，也是长期生活在这里朴实憨厚的村民创造的一种古老的黄土地文化。

我对地坑院一直怀有特殊的感情，不光因为它具有坚固耐用、冬暖夏凉、防震抗震、特别宜居的优点；也因为我的祖上在地坑院老宅里生儿育女、成家立业，不断发展壮大，逐渐成为村里的大户，才有我们一家的今天；还因为，这里承载着我童年色彩斑斓的记忆。

又一个周末，踏着生机勃勃的春色，沿着沟边上的一条曲曲折折的小路，我不由自主地走进这个面沟背塬、古老而又神秘的地坑庄院落，一个人伫立于院中，看着破败的窑洞、发黑的木头门窗、曾经居住过的痕迹和紧挨着沟边的几棵柳树、槐树、枣树，一些原本搁浅的记忆犹如潮水汹涌而来，令我静静地沉默了好久好久，那些被岁月打磨过的旧时光，那些童年时候的人和事，又重新变得美好起来。掐指一算，我们一家人告别地坑院的居住环境已经整整二十七年了。

窑洞是地坑庄院的灵魂，按用途大致可分为住人窑、厨屋、牲口窑、柴草窑、碾子窑等。小时候，经常跟着父母去看戏，传统秦腔戏《五典坡》中的那个寒窑，那个王宝钏孤守了十八年的寒窑，如今成了旅游者打卡的一道亮丽风景，而眼前我家的这个老地坑院却早已是荒草萋萋、破败不堪。

院墙有一半都不复存在，院内的六孔窑洞有四孔业已坍塌，剩下的两孔只留下了高大圆拱的窑口。尽管如此，旧庄院的面向、大致轮廓依然清晰可寻。窑洞里外，那些早已废弃的锅台、土灶、火炕，安放水缸、烟熏火燎过的痕迹和挂满蛛网的门框、窗棂，似乎依旧在诉说着先辈们艰难创业的点点滴滴。院内一些角落里蓬蓬麻麻的荒草、门前老槐树上歪歪斜斜的喜鹊窝等，让人浮想联翩，心中不由得荡起一缕缕崇敬祖先和怀旧思古的情愫。

牲口窑、碾子窑塌了，窑口落满粘黄的土块，一丛茂密的蒿草长在土坎后面，几乎挡住了整个窑口。碾子窑里的石碾子还在吗？磨台还在吗？楔入窑壁拴牲口的木桩子还在吗？记得小时候，那只高大拱圆的窑洞里非常热闹，爷爷叔伯们天不亮就起来排队，要么赶着驴、要么互相帮衬着磨小麦和其他五谷杂粮，碾子轰隆隆地唱出一串串童年的歌谣，那场面跟乡下过会一样热闹。而此刻，石碾子却更像一位老者，耷拉着脑袋，静默无语，心里藏着多少个往昔的人和事啊！

同样住在地坑院里，那个村里小孩子们最喜欢的歪嘴爷，去年殁了。歪嘴爷何许人也？村子里吃水沟边有一排崖窑，歪嘴爷的祖上不知何时在此地挖了窑洞，在崖畔上不远的地方种地养家糊口，有一次，歪嘴爷在外地得了一场不大不小的病，病好后嘴就有点歪，再回到村里时，小辈们就送他一个绰号——歪嘴爷。小时候，在崖窑旁边，歪嘴爷的祖上还留有一间土坯房。那是被他引以为荣、当年村子里唯一的一间青瓦土基子房。那间矗立在荒地里的土坯房，屋顶像歪嘴爷当年的老脸，瘪凹塌陷。瓦缝里长出的蒿草随风摇曳，破碎的瓦片七零八落。麻雀常年在屋檐下安家，四季在屋脊上抖羽叽喳。

冬闲时节，那间私屋是村里最热闹的去处。大人们抽烟喝茶、嗑瓜子聊天，小孩们尽情玩耍，屋子里时常烟雾缭绕。墙壁、屋顶的椽子被熏得黑油油的。据说歪嘴爷小时候读过一阵私塾，略识文字，为人性情豪爽，精明能干。一辈子走南闯北，"投机倒把"，凡是能弄钱的营生他都干过。闯过花花世界、见过大世面、吃过山珍海味；曾经辉煌的那些年，手里好像还握有金元宝，慷慨大方，对邻里乡亲们吃他的喝他的从不吝啬抠门，桌子上、床头上时常放着瓜子、水果糖、点心等，来人可以随意品尝。歪嘴爷头发如剑，胡子稠密，一半黑一半白。只要我们一帮小子围着他的时候，他便跷起二郎腿，抖动着山羊胡子一个劲地侃大山。故事从天上到地下，从宇宙洪荒到唐宗宋祖，什么玉皇大帝私访人间，什么阎罗殿催命判官徇私舞弊，什么财神爷考验穷人富人，什么同治贼乱、海原地震、大旱年馑那些玄乎事等等。精彩迭起，活灵活现，扣人心弦，很带劲很给力，屋子里不时传出朗朗的笑声！

侃到最精彩的地方，歪嘴爷故意卖弄关子不往下讲，还摆起"臭架子"，这个时候，我们自然知道，这是歪嘴爷要我们给他点烟的信号，于是赶紧掏出，那盒从家里偷拿来的火柴，划拉着给歪嘴爷点上，唯恐自己手脚慢了，惹得歪嘴爷不高兴，不再往下讲了。

"下院子，箍窑子，娶妻子，坐炕子。"这是小时候在老家生活时经常和小伙伴们唱的一首童谣，已经有好多年没有听到那稚嫩的声音了。随着人们的居住条件越来越好，地坑院也仿佛成了落后、闭塞的象征，这些承载着我们深沉回忆的窑洞民居逐渐被楼房所取代，村子里像我家这样业已废弃的地坑院也越来越多了，一种莫名的失落感油然而生。

有一种乡愁叫地坑院。我久久伫立，不愿离开这写满纯真朴素的回忆的地坑院……

土 炕

陇东黄土高原上有户连户、村连村的独特的窑洞民居形式，被喻为"陇东奇观"。说起窑洞，就不能不提窑洞的"灵魂"——土炕。

俗语道："三亩薄田一头牛，老婆娃娃热炕头。"陇东土炕像一块磁石，牢牢地、紧紧地团结着一家人。人们劳动一整天，回到家里，顺势倒卧在暖和惬意的土炕上，伸伸懒腰，或盘腿坐在炕上，闭目养神，再喝上一杯罐罐茶，顿觉肌肉松弛，疲劳顿消。

还清楚地记得，小时候大人们经常唱的一首陇东民歌，其中这样唱道："我把红军没错待，住得暖窑热炕炕，吃的白馍夹肉菜。"窑洞和土炕从来都像一对孪生兄弟，没有土炕的窑洞不能住人，有了土炕窑洞才显得有生气。通常窑洞刚进门就是土炕。标准尺寸的窑洞一般都只一门一窗一炕，能睡四至五人；而宽敞点的窑洞，左右窗户下各盘一炕，叫"对口炕"，中间则是人行通道，能睡下十几人甚至几十人。紧挨着土炕便是土基子砌成的高约三十厘米的栏坎，然后盘锅灶，这样的好处是：做饭烧火，饭做熟了，炕也就连带着烧热了，一举两得。节约柴火不说，柴火烧过之后的草木灰又是很好的钾肥，施在地里地肥、苗壮。

在陇东地区，人们又习惯性地把"土炕"称"炕""火炕"。人们大都管砌炕土活叫"盘炕"，大体有两种盘法：一种是用土基子（用特定的模子制成像砖一样的土块）砌成一个长方形的高二尺五左右的炕墙，在最中间位置砌个土柱子用以支撑炕面的压力，然后给炕墙里填满干土，夯实、抹平，再一锹紧挨一锹地倒上七八寸厚的麦草泥，过个两三天，等泥里的水分蒸发得差不多了，人站在上面一脚紧挨一脚地踩踏，再过一两天，用平头石锤子或棒槌使劲捶打，一遍又一遍，直到捶不动为止，这时，泥彻底成了一个整体。大约过一个多月后，在窑门一侧的山墙处选合适位置事先挖好烟囱，再把炕墙中间的偏下位置抽开五六页土基子，人爬进去，像挖煤工人一样一点一点地把干土刨出来，土掏完了，再用泥抹好炕洞和炕墙，然后用柴火烧，烧干为止。从炕洞里掏土是盘炕活中最艰苦的一个环节。这样还不算完工，还要装饰，请个木工师傅给炕墙上面镶一个木质炕沿，既好看又光滑。用这种方法盘成的土炕，盘时比较麻烦，但结实耐用，用二三十年都不成问题。

另一种是先用土基子砌成一个长方形的炕墙，再用炕基子支撑，最后用麦草泥填缝。炕基子大小一般长三尺五，宽二尺八，用专制的模子装入草泥，捶实待干后即可用。四或六张可支成一个土炕，不用填干土也不用费劲掏土。虽做法简单，但却不耐久，小孩在上面蹦蹦跳跳，往往就会将炕跳塌，因此，人们多采用第一种做法。

陇东土炕，炕洞中燃烧的一般都是极易取得的庄稼秸秆和柴火、山里的蒿草等，再煨些柴草、麦衣、树叶等，睡在上面舒坦、温暖，通体热乎乎的。能让人热到骨头里，有一种温情的、无法言传的热。比城里电热毯的燥热要好许多，当北风呼呼的冬夜，倘若你在幽静的陇东山村，躺在一面热炕上，捂上被子，手捧一本书渐入佳境；抑或在大雪纷飞的深夜，你一觉醒来，炕热乎乎的，你翻了一次身，很快又进入梦乡……

土炕，过去也是陇东人接待客人的"上座"，以炕代桌、以炕代凳，客人一进门，就先招呼着脱鞋上炕，在炕上吃饭、休息、拉家常、谈正事，让人瞬间感到一种独特的待客方式和山里人特有的热情。

后　记

　　"退笔如山起足珍，读书万卷始通神。"读书与写作，从来都是我的爱好。从中学开始，我就一直保持着读书看报的习惯，父亲拿回家的书籍和报刊都是我的最爱，当然，读的比较多的还是武侠小说，而且是偷偷看的，金庸、梁羽生、古龙书中一个个惊心动魄的武侠故事都让我沉迷。

　　后来考学参军，接触较多的则是部队的刊物。转业前，有6年多时间我都在部队机关当参谋，《解放军报》《解放军生活》等已经满足不了我读书学习的需要，为此我还自己订过《解放军文艺》《政工研究文摘》等刊物。转业后，除了看党报党刊和行业报纸，我会自己订《散文》《散文选刊》等刊物，有时候逛书店或浏览孔夫子旧书网的时候，我也会买一些自己喜欢的散文集、征文获奖作品集，还有就是文友们自己出了书，也会主动赠我。

　　仔细想想，也正是爱读书这个习惯，让我的人生经历了翻天覆地的变化：成功从在部队机关写材料，转到写散文、诗歌、小小说、报告文学等文体；篇幅由短到长、构思由易到难、创作历程循序渐进；发表刊物级别从县级到市级，再到省级和国家级；先后加入市级和省级作家协会；征文也开始获奖，奖项从优秀奖到三等奖、二等奖，再到一等奖，奖励级别也从县级到市级，再到省级。

一个人开始写作，有时仅仅缘于一次偶然。说实话，起初动笔是因为有点不适应现在这种节奏有点慢的日子。在部队，历任排长、副连长、政治指导员、机关参谋。转业到地方，工作环境由紧张充实变得相对宽松，个人角色也发生了很大变化。

不放弃，坚持就一定行。看了《陇东报》"北地风"副刊上的《黄土黄　黄酒香》《地椒椒情》《挂在屋檐下的那把镰》等散文，总觉得身体里有一些东西奔涌着。索性提笔，从自己曾经生活过的最熟悉的马沟村写起，用略显稚嫩的笔墨努力刻画着尘封在记忆里的人和事。犁铧、老屋、地坑院、菜园子、杜梨树、匠人、腌菜、芽面包子等都一吐为快地跃然纸上。

军旅生涯造就的坚强果敢督促着我，勤奋思考的性格支撑着我。几年来，我从不敢停歇，因为有太多的人和事值得感怀。从这个意义上讲，写作是一个人灵魂的解压密码。处女作《那弯锈迹斑斑的老犁》成稿之后，几经修改，被《陇东报》刊发；后来又相继在《天水晚报》《兰州日报》《中国劳动保障报》《中国应急管理报》《甘肃日报》《中国建设报》《躬耕》《绿叶》《橄榄绿》等不同级别的刊物发表作品。我想我应该感谢这些报刊和编辑。当然，还有那些真诚地帮助过我的文友。

大千世界，林林总总，但总有一个出发点。对一个人来说，这便是村庄，因为它承载着生命的来路。同样，对一个作者来说，村庄更是创作的源泉，因为它哺育我们成长。我的村庄，不是莫言的高密东北乡，不是沈从文的湘西，不是萧红的呼兰河，不是孙犁的白洋淀，更不是贾平凹的商州，而是那个叫马沟村、叫东庄村，以及被辐射的五指塬、董志塬。正如我自己所写的那样："如果没有村庄，就没有我；被雨水淋湿的，何止是村庄，还有我不断滋长的乡愁。因为，我一直在这被雨淋湿的村庄里呼吸长大，一如当年的村庄在雨声里哭泣成长。"

村庄里晨炊暮霭，鸡犬相闻，这是一种和谐的美；端庄秀丽，静谧可人，这是一种沉静的美；落落大方，清新自然，这是一种自信的美；平和洒脱，超然世外，这是一种闲适的美；粗犷豪放，包罗万象，这是一种大气的美……罗丹曾经说过这样一句话："生活中不是缺少美，而是缺少发现美的眼睛。"这本散文集，是我眼睛路过的地方，是我整理自己思绪的过程，也是我对生活的理解和向往，更是我与自己心灵的对话。

钱锺书说："如果不读书，行万里路，也只是个邮差。"我不想当"邮差"，从而忘记经历过的风景。我想读更多的书，也想写出更好的作品，这本书只是一次短暂旅行的终点，也必将是一次长跑的起点！感谢为这本书的出版而付出努力的所有人！

2023 年 3 月 11 日于西峰